# JOURNAL DE L.
## (1947-1952)

CHRISTOPHE TISON

ÉDITIONS GOUTTE D'OR

INSPIRÉ DES PERSONNAGES ET ÉVÉNEMENTS DÉCRITS
DANS « LOLITA » DE VLADIMIR NABOKOV, PARU EN SEPTEMBRE 1955.

CE ROMAN EST PUBLIÉ AVEC L'ACCORD
DE LA FONDATION LITTÉRAIRE VLADIMIR NABOKOV
ET DE LA WYLIE AGENCY INC (UK).

*À Marie Hindenoch*
*À Aurélia Szewczuk*

« Le mauvais rêve se trouvait au-dehors d'elle, dans le monde réel.
Il lui fallait le vaincre là ou nulle part. »

Joyce Carol Oates, *Les Chutes*

« Mon âme est parmi les lions »

*Psaumes*

« The ugly fact is books are made out of books. »

Cormac McCarthy

# INTRODUCTION

Une infime partie de la courte vie de Dolores Haze, dite « Lolita », est aujourd'hui connue d'un large public grâce au texte que nous a laissé un homme, décédé en 1952, qui se faisait appeler « Humbert Humbert ». Mais à ce jour, personne n'avait eu accès au journal intime de Dolores, journal qu'elle tenait malgré les difficultés et les turpitudes de la vie que lui faisait mener ledit Humbert Humbert, puis, après lui, Clare Quilty et d'autres.

Pour mieux comprendre ce que Lolita a vécu, ses souffrances, mais aussi ses joies, ses amours avec d'autres hommes (trois, en fait), ses fugues ou ses tentatives d'échapper à Humbert Humbert, ou encore la machination qu'elle met en place pour l'éliminer, et pour enfin lui donner une voix, voici donc des extraits de ce journal, retrouvé l'hiver dernier *dans une petite ville perdue du nord-ouest des États-Unis, Gray Star, grâce à l'heureuse découverte des descendants de voisins et d'amis qui souhaitent rester anonymes pour protéger leur vie privée. Qu'ils en soient ici remerciés.*

*La tâche n'a pas été facile.*

*J'ai parcouru près de deux mille miles à travers la campagne et les grandes ou petites villes américaines, rencontré et interrogé des dizaines de personnes (dont certaines peu coopératives, c'est le moins qu'on puisse dire), pour retrouver* in fine *la trace de ce journal. J'ai parfois été près de renoncer, fatigué, découragé, et ce n'est qu'en l'ayant enfin entre les mains que j'ai été certain de son existence, certain que ce n'était pas un objet surgi de mon imagination. Que ce n'était pas une de ces obsessions liées à mon histoire personnelle, proche de celle de Lolita, et que j'ai racontée dans* Il m'aimait[1]. *Mon intuition était donc vraie! Et en parcourant ces cahiers, j'ai su que tous ces efforts en valaient la peine.*

*Ce ne sont que des extraits, malheureusement, parce que certains passages sont en partie ou totalement illisibles, tachés, raturés, dans ces cahiers dont nombre de pages sont arrachées et où d'autres sont*

---

1. Grasset, 2004.

*couvertes de dessins d'enfants. Peut-être ceux de la fille de Dolores.*

*Nous avons donc choisi et découpé ces textes en cinq périodes qui nous semblent particulièrement intéressantes pour comprendre le parcours chaotique de cette adolescente de la fin des années 40. Des extraits qui racontent comment Dolores est devenue Lolita. Nous n'avons ni censuré ni remanié le texte original pour le faire apparaître moins cru ou pour en dénouer les incohérences. Nous avons passé en italique les phrases qui étaient soulignées ou écrites dans une couleur différente.*

*C'est la voix de Dolores-Lolita que nous entendons. Une voix dont le ton et le style évoluent au fil de ces années décisives. Enfantine d'abord, puis de plus en plus mûre et passionnée. Nous espérons que vous ne la jugerez pas pour ses errements sexuels ou amoureux, ni pour ses fautes de style, de goût, ou son manque cruel de syntaxe et de vocabulaire (du moins au début). Ce sont ceux d'une jeune fille tôt enlevée à sa mère, soustraite à la bonne éducation et livrée à des hommes qui s'adonnaient avec elle à des pratiques que la morale réprouve, comme on dit.*

*C.T.*

I

## HUM
## (AOÛT 1947 - AOÛT 1948)

J'ai tellement transpiré que ça me dégouline encore dans le dos, la voiture était brûlante. On a roulé toute la journée vers l'ouest jusqu'à ce que le soleil devienne une grosse boule de feu à l'horizon.

*Un orifice sanglant*, a dit Hum, *sanglant et dégoûtant*[2]. Puis il m'a fait tout un cours sur l'attraction-répulsion, les planètes et les atomes qui tournent les uns autour des autres en parlant aussi des gens qui s'attirent et se repoussent... *Toi, tu es mon petit soleil doré, et blanc là où c'est caché*, disait-il.

C'est vrai que je suis bronzée, sauf sur les seins et les fesses.

---

2. Comme indiqué en introduction, les passages en italique sont soulignés ou écrits dans une couleur différente dans le journal d'origine.

Il a pris une chambre dans cet hôtel chic, *Les Chasseurs enchantés*. Une seule, parce que l'hôtel était plein. Un congrès évangélique ou quelque chose comme ça. Le concierge nous a apporté un lit d'appoint où Hum dit qu'il va dormir si je veux. Eh oui, je veux. Il y a une salle de bains toute blanche, pleine de jolis savons gratuits, et une petite terrasse. Je pense à Charlie, à Mary, aux moniteurs du camp de vacances où j'étais encore hier et au dortoir qui puait les pieds et le poulailler : si les autres me voyaient ici, ils en baveraient de jalousie…

Nous verrons maman demain, je crois, dans un hôpital à une journée d'ici. Hum dit que ce n'est pas trop grave mais on dirait que pour lui rien n'est grave. Hier, quand la directrice m'a dit de faire mes valises et qu'on venait me chercher en urgence, j'ai trouvé étrange que ce soit lui qui débarque dans le camp. Il me confirme qu'il s'est marié avec maman. *Dingue!* Je pars un mois en colo et hop, j'ai un nouveau beau-père qui vient me chercher! Il fait le mystérieux et ça m'énerve. Quand je lui demande ce qu'a exactement maman, il se contente de dire des choses comme « t'es pas bien avec moi? », et répète qu'on va la voir et passer des chouettes vacances ensemble, faire un voyage amusant… J'ai insisté mais il a dit : je suis ton père, *enfin*, ton beau-père, ton *parâtre*, *hahaha*, c'est moi qui décide, c'est pour ton bien, et tous ces trucs… du coup, j'ai abandonné.

D'ailleurs, il se comporte comme s'il était mon père. À midi, au restaurant, il m'a demandé de ne pas écarter les jambes comme ça. Ça ne se fait pas. Il a insisté : c'est vulgaire. On me regardait, paraît-il. Mais il n'y avait personne dans ce bled pourri. Seulement un couple de vieux. Il a dit que c'était suffisant pour me faire mal voir, que je devais croiser les jambes. J'ai mis mes genoux contre la table, bien écartés, et il est devenu fou, il a voulu payer et partir tout de suite. J'ai obéi (contre un autre Coca). Il est bizarre.

Mais je l'aime bien, Hum. D'ailleurs, tout le monde l'aime bien, avec sa voix et ses manières impossibles d'Européen. Quand il est arrivé à la maison l'année dernière, ça a fait du neuf, comme du vent. Je commençais à étouffer avec maman et ses copines. Et puis il s'intéressait aux enfants, lui. Il connaissait les noms de toutes mes copines. On se moquait de Mae ou de Shirley qui avaient grandi trop vite, avec leurs grosses cuisses et leurs bras qui pendaient jusqu'aux genoux. Il les imitait, marchait comme elles : elles ne savent pas quoi faire de leur corps ! C'était vrai, c'était drôle.

Quand il est arrivé dans le jardin que maman appelle *la piazza!* je me souviens qu'il faisait chaud. J'entendais depuis quelques minutes la voix de maman. Pas sa voix normale mais celle d'une poule, d'un paon femelle! Suave/excitée. Oh non, pitié, ma Mère est encore *modifiée! Modifiée* par un visiteur mâle, sûrement, que j'entendais bafouiller et piétiner derrière elle dans la maison. J'étais en train de bronzer au soleil, tranquille, avec seulement une culotte et mon foulard noir à pois serré autour de mes seins (c'est pas vrai, ils ne vont pas venir *ici!*). Je me suis vite redressée et mise à genoux quand ils sont apparus: « Ma Lolita… », a dit ma Mère de ce ton chantant/détaché qui m'énerve tellement.

— Sois polie, dis bonjour, Lolita.

— B'jour.

— Enchanté.

J'ai dû baisser mes lunettes de soleil pour mieux le voir et dire bonjour poliment. Un type avec un drôle d'accent, en costume gris, d'une trentaine ou quarantaine d'années, je ne sais pas, mais vieux en tout cas. Grand et un peu flasque. Il a eu un mouvement de recul en me voyant (faut dire que j'étais presque *nue!*), puis a fait le tour du jardin en complimentant maman qui vantait ses plantes et *cet endroit de paix et de sérénité unique au monde, vous verrez!*

Je savais qu'elle cherchait un locataire pour la chambre au-dessus du garage qui servait avant de débarras. Il en était déjà venu un, un ancien militaire, qui avait trouvé ça trop cher mais à qui maman avait fait le même cirque, sauf qu'il pleuvait ce jour-là et que j'étais sur le canapé.

Ils ont traîné deux ou trois longues minutes au soleil *(blablabla... merveilleux... main verte... rosiers grimpants...).* Oh, vite, vite, qu'ils s'en aillent! Je voyais le type en gris fondre dans son costume. Il devenait de plus en plus flasque et de grosses gouttes perlaient à son front. Quand ils se sont enfin décidés à partir, il m'a dit « à bientôt » et m'a regardée comme s'il n'osait pas me regarder. J'ai mis ma main devant ma culotte et eu un peu honte, mais bon, j'étais chez moi quand même. Des yeux gris fuyants. Ceux de Hummy que je voyais pour la première fois et qui, ce jour-là, n'avait pas du tout l'air d'être drôle, ni d'être dans son assiette. La chaleur sans doute, ou la pudibonderie. Enfin, c'est ce que j'ai pensé à l'époque. Je me suis même demandé s'il n'était pas pasteur ou curé ou même hanté, ou quelque chose dans le genre.

J'ai remis en place mon foulard à pois et me suis rallongée sur ma nouvelle serviette de bain à fleurs. Maintenant, c'est incroyable, mais ce type est mon nouveau beau-père, on part en voyage tous les deux et je crois bien que c'est ma vie qui est *modifiée*.

Après le restaurant, en remontant dans la voiture en direction de cet hôtel rupin où on dort ce soir, Hum m'a promis qu'on ferait tout ce que je voudrais. Moi, ce que je voudrais, c'est vivre dans un monde où on n'est pas obligé de *croiser les jambes*.

*

La nuit dernière, il est remonté au-dessus de moi comme un crabe et a collé ses cuisses contre mon visage. J'ai cru étouffer, puis j'ai senti mes lèvres et mes narines inondées par un liquide brûlant.

*Oh, il vient de me faire pipi dessus, c'est dégoûtant!*

J'ai vu sa grande ombre se redresser, les genoux de chaque côté de ma tête, et il a dit pardon, pardon, en m'essuyant doucement avec le drap. Puis il s'est mis à pleurer.

Je n'avais pas prononcé un seul mot, pas émis un seul son. La peur de réveiller les gens des chambres à côté, la peur de trahir cette chose secrète qui venait d'arriver. Une chose muette dont on ne devait pas parler, je le savais. Oui, ça je l'ai su dès qu'il a commencé à déboutonner mon pyjama blanc et à caresser mes seins. Dès qu'il m'a soulevé les fesses d'une main jusqu'à lui et que j'ai senti son menton râpeux forcer un passage entre mes cuisses et sa langue me lécher comme celle d'un gros chien.

Quand tout fut fini, il a pris ma main et l'a posée sur son sexe encore dur. Elle en faisait à peine le tour. Puis il est retourné se coucher dans le petit lit d'appoint qui devait être le mien.

Le lendemain matin, au lieu d'un simple petit déjeuner, il a commandé pour moi un énorme sundae chocolat. Avec des pépites de noisette et une jolie cerise posée sur une montagne de chantilly.

*J'ai dit merci et soudain j'étais piégée. Muette.*

\*

J'ai pleuré quand il m'a dit que maman était morte. Il a dit ça comme ça, dans la voiture arrêtée à la station-service, puis il a répété : je suis là moi, je suis là, en collant sa grosse tête contre la mienne. Ça me fait drôle de penser que je ne la reverrai plus ou alors dans très longtemps. J'ai eu l'impression que tout ça n'était pas vrai, que j'allais me réveiller dans ma chambre à Ramsdale pour aller à l'école. Je lui ai donné des coups de poing et on est repartis, on a roulé des heures. Je n'ai vu que des routes et encore des routes, je pleurais. Il m'a expliqué que je n'avais plus que lui désormais, qu'on allait se balader tous les deux, et que ce soir pour fêter mes douze ans et demi (même s'ils sont passés depuis plus d'un mois), on irait faire un bowling à Lepingville. Oh! Maman. C'est un rêve, non? Un de ces rêves qui tournent au cauchemar. Comme quand on descend tranquillement les escaliers et que soudain il n'y a plus que le vide. C'est ce qui m'arrive, n'est-ce pas?

*Oh maman, comme ta mort a dû être douloureuse!* Cette voiture qui te fauche en pleine rue, son métal dur et froid qui frappe et disloque ton grand corps.

Je ferai attention en traversant, je te promets.

Sur la route, Hum tendait la main à gauche et à droite, en disant « regarde, regarde ma Lo! ». Une vache, des chevaux, un étang pouilleux, n'importe quel accroc dans des champs de blé infinis sous le même ciel bleu sans nuages. Puis il a voulu qu'on chante cet air stupide qu'on chantait à la maison au printemps dernier : *Ô ma Carmen, ma petite Carmen…* et depuis, il m'appelle « ma Carmencita » en riant, comme si rien ne s'était passé et comme si maman n'était pas m****. J'ai du mal à écrire ce mot !

À Lepingville, on a fait du shopping tout l'après-midi. Il m'a acheté une bague, des bottines, une robe, des chewing-gums, des lunettes de soleil, des serviettes hygiéniques, deux Coca, des bandes dessinées… j'ai encore dit merci et j'ai un peu oublié. Comment peut-on oublier ? Si seulement papa était encore vivant.

*C'est peut-être lui qui l'a tuée. Peut-être… Peut-être moi. Il est le diable et m'emmène avec lui.*

C'est quand je suis entrée dans sa chambre avant d'aller au bowling que ça m'a repris, cette sensation que rien n'était réel. Il était de dos en train de pendre sa veste dans l'armoire, soigneusement. Je me suis arrêtée sur le seuil et l'ai observé avec le sentiment qu'il était un parfait étranger, un être surgi du néant pour accomplir je ne sais quelle mission.

J'ai eu peur qu'il se retourne et que soudain ses traits ne soient plus les mêmes.

Qu'il ait le visage d'un tueur ou d'un dément.

*

Ce matin, une voiture de police nous a suivis.
Hum avait les mains blanches à force de serrer le
volant. Il regardait dans le rétroviseur et j'ai bien
vu qu'il avait peur. Quelle rigolade ! Et puis les
policiers ont mis leur sirène. Hum s'est arrêté.
« Bonjour, Monsieur. – Bonjour, j'ai fait quelque
chose de mal ? » Le type se penchait à la fenêtre
et inspectait la voiture. Hum, les mains collées
sur ses cuisses. *Quelque chose de mal !* On aurait
dit ma copine Mary quand la prof de maths l'a
surprise avec un chewing-gum dans la bouche
en pleine classe. Puis il a donné ses papiers en
disant : « La voiture n'est pas à moi mais à feu
ma femme... » Le flic a regardé les papiers puis a
demandé : « Vous n'avez pas vu une Chevy passer
dans le coin ? Une Fleetmaster bleue ? – Non...
non, je ne fais pas trop attention aux marques de
voitures, je ne connais pas celle-là, elle est nouvelle ?... » Le policier m'a regardée, on aurait
dit qu'il interrogeait toujours, voulait savoir si
moi, par hasard... J'ai voulu dire que cet homme
n'était pas mon père, qu'il avait tué ma mère,
qu'il couchait avec moi et m'emmenait je ne sais

où, kidnapping… Hum me regardait aussi et les mots sont restés dans ma gorge. Comment expliquer tout ça en une fraction de seconde, en deux mots, sans m'embrouiller ? *Il ne m'aurait pas crue. Parce que c'est incroyable.* J'ai senti ma bouche sourire comme si elle y avait été entraînée pendant des années et j'ai fait non de la tête. Non, je n'ai rien vu. L'homme a reculé, a tendu les papiers, puis il est remonté dans sa voiture. *Au revoir, la police*[3] a dit Hum, et on a continué notre petite balade.

Dans la ville suivante, Hum m'a acheté un nouveau jean. Je l'ai pris blanc cette fois. C'est beau, blanc…

Je suis conne ! La prochaine fois qu'on se fait arrêter je dis tout, je prépare un laïus, un truc qui se dit en deux phrases et je dis tout. Mais je ne sais pas s'il y aura une prochaine fois. *Oh, comme je suis conne !*

\*

J'aime bien les longs voyages en voiture. La voiture sent encore le parfum et les cigarettes de maman. Ça me berce, l'odeur, je veux dire.

---

**3.** En français dans le texte.

Jour après jour le paysage change, il change très lentement. Parfois, en arrivant en haut d'une colline, j'aperçois la route serpenter devant nous sur des dizaines de kilomètres (peut-être des centaines, je ne sais pas), je la vois se perdre dans de futures collines, entre les champs de seigle et les bois, puis disparaître et reparaître plus loin, minuscule ruban gris dans la campagne infinie mouchetée de vert et d'ocre et de minuscules éoliennes. Je songe qu'on sera là-bas, à perte de vue, dans des heures et des heures, dans des jours, des mois… On sera là-bas quand je serai vieille et morte. Parfois ça me désespère, je me dis que je n'ai pas tout ce temps à perdre. Il faut que je rencontre des gens, que j'aille à l'école, au cinéma, que je joue, que je me marie. Et puis aussi que je visite la France, que je conduise une décapotable, que je me baigne dans le Pacifique à Venice Beach et tous ces trucs qu'on fait quand on est grand…

Mais bizarrement, quand le soleil baisse sur l'horizon, *on arrive toujours quelque part!* Et quand on arrive quelque part, dans n'importe quel motel, je cherche les animaux : des chiens, des chats, des mules, des poneys… les animaux me ressemblent, me comprennent. À eux, je peux tout dire d'un seul coup d'œil. Ils ont mon âge sauf qu'ils sont vieux, très vieux. *Ce sont des enfants très anciens.*

\*

C'est le quinzième *Sunset Motel* ou *Oaks Plaza* dans lequel on s'arrête. Invariablement, Hum gare la Béhémoth (c'est comme ça qu'il appelle la voiture) devant la réception, décharge nos valises et demande une chambre avec des lits jumeaux. Pour la forme : souvent il se contente d'un lit double quand il n'y a rien d'autre, et depuis longtemps il a oublié le lit d'appoint. À chaque fois, je retarde la chose le plus long-temps possible. Une pièce de vingt-cinq cents pour la radio, encore une chanson, un bain de soleil sur la chaise longue dans le patio, une glace, une affreuse bête dans la baignoire, finir mon article d'*Hollywood Review*...

Je ne m'assois jamais sur le canapé quand il y en a un, mais il réussit toujours à se poser sur l'accoudoir de mon fauteuil, ou dans l'herbe devant mon transat pour me caresser les jambes. Je grogne « laisse-moi bronzer », ou je lui demande d'aller au bar m'acheter une boisson glacée. Mais il s'impatiente et, comme chaque fois, il promet. On ira au cinéma ce soir, demain il m'offrira des patins à roulettes, on jouera au minigolf, la vie sera ensoleillée et les gâteaux à la pâte d'amande tomberont du ciel…

Je dis d'accord puis je grogne encore quand il veut caresser mes seins et soulève mon corsage à pois. Alors il menace. Il m'abandonnera, il n'est pas mon vrai père après tout, il n'est pas *obligé* de s'occuper de moi. Ou il me placera en maison de redressement. D'ailleurs, il faut que je me mette ça dans la tête : je n'ai plus rien, je n'ai plus que lui, heureusement qu'il est là. Je suis la pauvre Dolores Haze, pas un cent, pas un dollar. Tout est dans son pantalon où je ferais mieux de mettre mes petits doigts dorés. Pour moi, ça sera l'asile d'enfants indigents du comté de Ramsdale ou d'ailleurs (parce que je ne suis plus d'aucun comté, d'aucune ville, de nulle part), un endroit sévère, plein de cafards, de gosses méchants et pouilleux. Fini les glaces… Au fait, cette glace que t'a payée ton beau-papa ? Elle est bonne, non ? Tu vois comme il est gentil, comme il veut te protéger de toutes les horreurs dont sont victimes les petites orphelines dans les hangars à charbon et les impasses…

Et moi je pleure. Je pleure parce que j'ai peur de ce bonhomme, et peur d'aller dans une cave avec tous ces affreux gosses perdus. Je pleure parce que maman n'est plus là et que je suis seule avec ma glace vanille-fraise et que je n'aurais pas dû la commander. *Oh, je ne sais plus quoi penser, ni si je dois en penser quelque chose ou me laisser conduire où il veut!* C'est toujours un mauvais moment à passer, non? Mais étrangement, je n'y pense jamais avant qu'il n'arrive, à ce moment-là... Jamais. Avant et après, il est le gentil Hum qui prend soin de moi et qui me fait rire.

À chaque fois, il répète: moi, je resterai ton tuteur... si tu es obéissante. Et il éclate de rire, il me prend dans ses bras, me fait tourner. Mais non, je ne ferai jamais ça, je ne t'abandonnerai pas ma Lo. Tu es mon amie aussi, et moi le tien. Viens on va aller au cinéma voir un de tes films idiots, mais non, qu'est-ce que je dis, un de tes très jolis films avec un beau prince ténébreux et une belle princesse blonde... un prince qui au départ était un vilain crapaud et une princesse qui lisait *Screen Romance* ou *Photo Life*, comme toi... et puis il m'embrasse sur le front en me prenant gentiment dans ses bras.

Je souris, je suis contente et je finis par rire avec lui. Il peut être drôle, Hum, délicieusement fin et drôle. J'adore son petit esprit narquois, comme il dit. Et c'est vrai qu'il est le seul être au monde à s'occuper de moi.

On va au cinéma quand il y en a un. Ce soir on a vu *Dark Passage*[4], et j'ai pensé que j'aurais bien changé de visage, comme Bogart poursuivi par la police, pour changer de vie. Mais ça n'aurait servi à rien.

*Personne ne me poursuivait avant. Personne ne connaissait mon visage. Et personne ne me poursuit maintenant. Il n'y a plus rien derrière moi. Et pas grand-chose devant. Je suis un bouchon sur une rivière, je n'ai pas le choix.*

À chaque fois qu'on rentre à l'hôtel après le dîner ou le cinéma, je regarde autour de moi et je ne vois rien ni personne, même le visage de mes amies s'efface comme si elles vivaient désormais dans un autre monde. Je n'ai pas de photo de maman. Elle s'effacera aussi. Alors je regarde Hum et je me sens affreusement seule. Mais il est là, lui, et me tire par la main en riant, viens, viens ma Lo, tu es sale, il faut prendre ta douche de petite crasseuse. Alors, après m'avoir récuré l'âme avec des promesses et des menaces, ses gros doigts pleins de savon glissent maintenant entre mes fesses et s'introduisent là où c'est sale... *et il me vide comme un poisson.*

---

4. *Les Passagers de la nuit*, de Delmer Daves, 1947.

*

Cet après-midi, avec la permission de Hum, je suis allée faire un tour dans la forêt, juste derrière le motel. C'est une petite forêt, ça ne fait pas peur. Tout en bas, au bout d'un chemin à demi effacé par les fougères, il y a une rivière très large et comme une plage de sable, sauf que c'est de la terre. Et un petit coin d'herbes sèches au soleil. J'ai regardé l'eau et tressé des herbes. Puis j'en ai fait un serre-tête, avec quelques fleurs jaunes et blanches, que j'ai mis dans mes cheveux. Des garçons noirs de soleil dans des chemises blanches déchirées sont passés en barque au loin près de l'autre rive, avec des cannes à pêche. Ils m'ont fait de grands signes, salut, salut, et quelques blagues que je n'ai pas comprises. Ils ont ri et ont disparu comme des petits personnages sans relief.

C'était la première fois que j'étais seule depuis que Hum est venu me chercher au camp. Vraiment seule et libre d'aller où je voulais pour quelques heures. Alors je me suis allongée et j'ai regardé les grands arbres qui se jettent dans le bleu du ciel. Plus haut encore, un couple de buses tournait lentement, sans effort. Et au loin, très loin de l'autre côté de la rivière au-delà des infinis champs de blé, les montagnes bleues semblaient se tenir toutes seules dans l'air chaud, sans socle, comme des temples vivants. Soudain, j'ai senti l'herbe me pousser dans le dos, le monde m'a paru immense et je ne sais comment dire… incroyablement réel. Ce monde allait m'attendre, attendre que je sois grande et libre. Il ne disparaîtrait pas. Il était plein d'espoir, de vies possibles. Alors les milliers de mouches que j'ai dans la tête depuis quelques jours ont cessé de bourdonner. Et pendant un long moment je n'ai pensé à rien. J'ai eu confiance. Où que j'aille, quelque chose de plus grand que moi me protégeait. Plus tard j'ai pensé à Jésus, à l'âme de ma mère, à celle de mon père ou de ceux qui avaient habité cette terre bien avant nous, mais ce n'était pas ça. Personne ne m'avait fait signe. En fait, il ne s'était rien passé mais c'était comme si tout avait changé.

\*

Toujours de la route, des stations-service, des restaurants, des motels, et le soleil qui n'en finit pas de nous poursuivre, qui nous passe au-dessus et finalement va plus vite que nous… je ne sais pas où on va. Et apparemment, Hum non plus. On se balade dans ta *sublime* Amérique, dit-il. Il fait semblant de s'intéresser aux paysages, aux petites villes où on s'arrête. En général une rue principale poussiéreuse, pleine de courants d'air brûlants, avec ses bâtiments en brique, quelques boutiques surmontées de leur date d'ouverture *depuis 1898, depuis 1912...* son hôtel de ville prétentieux à colonnes blanches, une église bien sage et puis plus rien. Rien, le vide. Le saut dans le vide. Des champs de blé ou de coton à l'infini. Tout plats. C'est un vertige. *Rien ne me sauve! Je ne veux pas regarder.*

Oh, non, il y a parfois un réservoir sur lequel est inscrit en énorme le nom de la ville ou une gare mais c'est plus rare et toujours ce panneau: *À bientôt.* Tu parles! Oui, Hum essaie désespérément de m'intéresser à ces magnifiques endroits (on dirait toujours le bout du monde), mais le seul moment où je le vois vraiment excité par ce voyage sans but, c'est quand le dîner est fini. Qu'on traîne au salon, que la conversation s'épuise. Et qu'il faut aller au lit.

\*

J'ai enjambé le rebord de la fenêtre. La lune était à demi et éclairait le jardin juste ce qu'il fallait. Je suis passée par-dessus la palissade. Ce n'était pas très haut, et je me suis retrouvée dans la rue de derrière. Enfin, un chemin de terre et la nuit sur le désert.

Il y a un coyote qui hurle, accroché à la lune par une sorte de fil invisible. Et puis je cours, je cours, et je ne sais pas pourquoi je cours. Je ne sais même pas combien de temps. *Hum dort, ne t'en fais pas. Hum dort dans sa chambre, il est tard. Il est parti de ta chambre il y a longtemps, oh si longtemps!* Mais je cours toujours et à chaque fois comme dans un cauchemar, je me retrouve dans la rue principale. Ce n'est pas une rue. C'est une nationale et des camions passent à toute vitesse près de moi sans me voir. Leur souffle m'aspire… leur bruit. On dirait que ça crie, d'énormes animaux aveugles. Des camions transcontinentaux. Il y a une lumière au loin. Une pompe à essence. Un restaurant pour les routiers. Je suis loin du motel, je ne sais même plus où il est. Je regarde par les fenêtres. Des hommes assis au bar. Et puis d'autres hommes à la table du fond. Ils sont vieux, leur ventre est posé sur leurs genoux. Je tourne devant la porte. Je demande quoi à l'intérieur? Appeler la police? Et pour dire quoi? Je prépare mes phrases. On va me demander d'où je viens et si je suis perdue, on va appeler le motel, et Hum, avant même la police. Si ça se trouve, la police dort elle aussi.

Je ne sais pas à quoi sert la police! Arrêter les méchants? Mais Hum n'est pas un vrai méchant, je veux dire, pas comme dans les films.

Il y a une femme derrière le comptoir. Elle a l'air gentille. C'est à elle qu'il faut parler. Les camions continuent à passer tout près, ils viennent de nulle part et se perdent dans la nuit. Si un chauffeur pouvait me prendre à bord. Juste s'arrêter et m'emmener. Sans poser de questions. Il dirait: je vais à San Francisco, à Baltimore, à Saint Louis… et j'irais.

Il fait froid, les étoiles sont voilées, éteintes par la lune. Il faut que je me décide. J'entre. Étrangement, personne ne me regarde. J'avance vers le bar, il est haut. Seules ma tête et mes épaules dépassent du comptoir.

*Grandis. Sois adulte. Parle!*

Un Coca s'il vous plaît. La fille me sert un Coca. Les hommes m'ont regardée une seconde, jeune fille portant un jean blanc en pleine nuit, puis ont repris leurs conversations. Pour eux, tout est normal. Ils sont tout entiers absorbés là-dedans, dans ce qu'ils disent. Je les écoute, ils parlent technique. Moteurs, base-ball, poids du chargement, moyenne par heure…

Le téléphone est là-bas, au coin, derrière le bar. J'hésite, j'attends. Je bois lentement, pour être là, pour faire durer. Je suis dans un état de panique, un brouillard. J'entends comme si j'étais sous l'eau les rires et les conversations. À chaque fois que je regarde vers la porte, j'ai l'impression de voir Hum se garer devant le bar. Je réussis de justesse à ne pas m'évanouir. Mon cœur bat, il veut s'échapper. Je ne saurais rien expliquer à qui que ce soit. J'ai honte. La femme s'approche de moi, me demande si je me sens bien. Tu devrais aller au lit jeune fille, il est tard. Où sont tes parents ? Un homme se mêle à la conversation. S'il était mon père je serais couchée depuis longtemps. Un autre arrive, un verre à la main. Il parle à la serveuse qui éclate de rire en me regardant. Soudain, j'ai peur d'eux. Je me suis perdue en faisant un tour après le dîner, c'est vrai, croyez-moi. Ils haussent les épaules et finissent par m'indiquer où est le motel. La serveuse m'offre mon Coca. Merci. Puis je m'écorche les genoux en escaladant la fenêtre de ma chambre et je retrouve Mary-la-poupée-aux-cheveux-d'or qui m'attend dans mon lit, ses grands yeux bleus usés ouverts dans la nuit. Mary qui m'écoute et qui me croit. Je la serre contre moi et lui demande pardon de l'avoir abandonnée. Je l'ai depuis que j'ai quatre ans et elle sait tout.

*Toi aussi tu es une poupée. Faite pour attendre sur un lit, pour être caressée, habillée et déshabillée par d'autres que toi. Un objet de chair, mais de la mécanique quand même.*

La prochaine fois, je l'emmènerai, promis. Et j'irai bien plus loin que le bar du coin. Le problème, c'est que je ne sais pas où. Il doit bien y avoir une porte quelque part, une sortie secrète. Ou un ange qui vient te sauver. J'ai vu ça dans un film l'année dernière, au Alison Theater avec maman, dans *It's a wonderfull life*[5]. Le type disait à sa fiancée : « Tu veux la lune ? Tu n'as qu'à demander… » Mais après il perdait son travail, il avait un tas de problèmes et au moment où il était désespéré et voulait se tuer en se jetant dans le vide, un ange apparaissait sous la forme d'un vieux bonhomme avec un chapeau, le genre qu'on croise en allant faire les courses. Et le vieux bonhomme-ange lui montrait combien la vie était merveilleuse, malgré tout, et valait la peine d'être vécue. En sortant du cinéma, je m'étais dit qu'il avait raison, et j'avais embrassé maman et on avait fait des crêpes pour le dîner.

Il n'y avait pas d'ange ce soir parmi tous ces bonshommes.

---

[5]. *La vie est belle*, de Frank Capra, 1946.

De toute façon qu'est-ce qu'ils auraient pu me dire?

Je suppose que *même quand ils parlent de l'amour ou de l'enfer, les hommes parlent technique.*

*

Il a redressé le volant à la dernière seconde et le camion nous a frôlés en klaxonnant puis a disparu. Je ne sais pas ce qui m'a pris de rouler à gauche, une idée comme ça. Il m'a dit qu'il ne me laisserait plus conduire. C'était pourtant la chose la plus drôle que j'aie faite avec lui, même s'il en a profité pour qu'on aille dans un chemin à l'écart et qu'on s'arrête sous les arbres pour pique-niquer. Je commence à comprendre qu'il y a toujours une sieste qui suit le pique-nique. Il étale la couverture, on dispose les victuailles, les jus de fruits, on déjeune, c'est gai. Il est drôle, il me fait rire, et décrit la forêt, les nuances d'ombre, les taches de soleil comme personne… ça, il sait très bien faire. Avec des mots que je ne comprends pas comme « ocellé » qui veut dire « tacheté », tacheté comme s'il y avait des milliers d'yeux autour de nous. Ou des ailes de papillons. Puis je finis le paquet de chips, je dis « bon, on y va » et il commence à bâiller:

« Une minute, je suis fatigué, une petite sieste, ce n'est pas toi qui conduis… » et il finit par venir s'allonger contre moi au moment où je lis l'interview de Lana Turner dans le *Photoplay* qu'il m'a acheté le matin.

Le matin, on a d'abord appris à conduire sur le parking du motel avec ma petite valise sous mes fesses. Puis j'ai pris la route en roulant d'abord très lentement. Les gens qui nous doublaient n'avaient pas l'air de trouver ça bizarre qu'une si jeune fille conduise une voiture avec un vieux bonhomme sur le siège passager. Non, normal. C'est comme ça ma vie depuis que je suis avec lui. Les gens trouvent ça normal, ce petit couple en vadrouille vers le sud. Il prend une chambre, une seule, avec une enfant qui n'est même pas sa fille et c'est normal. Avec parfois un lit double : bien Monsieur, la 21, la 13, la 32… Il me colle dans le lobby de l'hôtel, me caresse le dos, les épaules, m'embrasse sur le coin de la bouche et ils ne nous regardent même pas. Un flot de semence envahit pourtant les rues sur notre passage, son sexe pend continûment entre ses cuisses, énorme et vulgaire, le mien est rouge sang et ma bouche sent le sperme… mais ils ne voient rien. Ils sont aveugles. Ou alors on est invisibles. On est devenus des fantômes, des revenants qui mangent des hamburgers et font de drôles de bruits la nuit. C'est peut-être pour ça que j'ai roulé à gauche. Pour voir. *Voir si j'existais encore.*

\*

Je pouvais sentir au loin la petite ville palpiter comme un cœur extrait d'un corps brûlant. Et toutes les cellules de mon corps étaient aimantées par les néons, les cafés et la foule que nous avions croisée en arrivant. Des forains s'étaient installés sur une place, avaient envahi Fullam Street. Baraques éclairées au tungstène, manèges, sucettes géantes vertes et roses et des bandes de filles et de garçons qui se tournaient autour en riant. Oui, j'ai eu le temps de voir tout ça, même si Hum essayait de faire diversion en parlant sans cesse, en vantant le restaurant de cet hôtel retiré dans les faubourgs où nous serions tranquilles. Mais l'hôtel sentait la pisse dans les couloirs et le ragoût aux oignons jusque dans les chambres.

Devant les baies ouvertes de la salle où dînent de vieux couples et des familles, je regarde la nuit et la lueur de la ville. Autour de nous, les maisons et les rues vides sont barbouillées de graisse. J'étouffe. L'univers s'est rétréci, il a mangé son ciel, ses continents, ses étoiles, et tous ses souvenirs.

Après une heure de dispute et de bouderie, Hum a enfin accepté de m'emmener à la fête foraine. Juste pour une glace et un tour de patins à roulettes. J'ai dû négocier encore pour qu'il s'éloigne du bord de la piste et aille m'attendre dans la voiture. Permission de onze heures. Onze heures pile, promis? Il a tapé du doigt sur le cadran de sa montre.

Promis.

Je me suis élancée. Ce plaisir fou d'être parmi la foule. Rouler, rire. Sentir la vitesse et le vent. C'est comme si j'étais nue, le monde pénétrait sans effort par tous les pores de ma peau, formait mille bulles de savon qui éclataient en moi. Mille fenêtres ouvertes dont la lumière m'inondait. C'était fou, comme si j'étais juste au-dessus de moi ou *à l'intérieur* de moi. J'entendais le moindre roulement, le plus petit rire, toutes les notes de musique et la pluie joyeuse des juke-box. Je ne sais combien de temps j'ai tourné ainsi, patinant sans fin avec ce sentiment de voler. Je n'avais jamais été aussi légère.

Deux garçons sont venus s'asseoir sur le banc à côté de moi pendant que je reprenais mon souffle. Mick, et l'autre je ne sais plus. Phil, je crois. Ils avaient de l'argent et voulaient qu'on aille aux autos tamponneuses. Je sentais le corps de Mick tout près du mien, encore chaud de l'effort. C'était délicieux. Il a passé son bras sur mes épaules pour aller au manège et nous avons fait deux tours. C'est étrange tous ces gens qui se foncent dessus et qui rient. J'adore. Peut-être parce que d'habitude ils passent leur temps à s'éviter dans la rue ou sur la route. À ne jamais se toucher. Au deuxième tour, Mick a accepté de me laisser le volant – je sais conduire – et j'ai crié avec les autres quand quelqu'un nous rentrait dedans ou quand je poursuivais une autre auto. Mick a sifflé et a dit que j'étais un vrai garçon manqué. Je sentais ses cuisses contre les miennes, secouées à chaque choc. Et j'avais des frissons. Au troisième tour, Hum a rappliqué sur le bord de la piste dans son petit costume d'Européen. Il a fallu qu'on abandonne la voiture avant que ça reprenne. Puis, devant Mick qui lui demandait que je reste encore un tour, juste un tour, il a simplement regardé sa montre et a dit, il est l'heure Dolores.

*L'heure d'aller au lit. Mais pas pour dormir.*

\*

Hier soir on est allés au bowling de Robbinsville, Caroline du Nord, après cinq longues heures de route. J'ai fait deux spares et trois strikes, c'était drôle. Drôle de voir Hum aussi empoté avec les boules. Il était nul! À chaque fois, sa boule glissait dans la rainure gauche ou droite. Ou alors il se coinçait les doigts dans les trous. À la fin, il en rajoutait, jouait au monsieur ridicule qui feint de savoir jouer, prend des poses, s'élance avec élégance, et échoue toujours. Il m'a fait tellement rire que j'ai failli avaler mon hot dog de travers! Mais quand même: *je me demande comment il peut être l'adulte, et me dire ce que je dois faire, en jouant si mal!*

*

Il s'est passé une chose en rentrant, après le bowling: je n'ai plus peur. Je regarde le plafond ou le mur pendant qu'il s'agite au fond de mon ventre et qu'il souffle en répétant ma Lo, ma Lolita. Comme d'habitude, il attrape ma tête, la tourne vers lui, cherche un regard... *Pauvre mendiant.* Avant, j'avais peur, j'étais stupéfaite et je ne comprenais pas. Je crois qu'il aimait bien cette peur. Maintenant je ne veux plus comprendre, il n'y a rien à comprendre.

Alors il me fixe et cherche encore, il fouille en moi pour arracher une émotion, du plaisir ou de la douleur. *Il voudrait me pénétrer par là aussi*, par les yeux, par l'esprit, que je dise oui, oui! que je lui donne autre chose. Mais non, je pense à maman, à notre vie d'avant, avant qu'il n'arrive chez nous et je me vois danser nue devant le miroir de ma chambre, nue encore devant celui de la salle de bains. Cette petite fille est devenue quelqu'un d'autre, une image, une amie que je lui abandonne, que je trahis. Mais je ne peux pas faire autrement.

Il est au-dessus de moi, soutenu par ses gros bras bien tendus et il m'examine. J'évite ses yeux, je me concentre sur sa petite chaîne en train de se balancer à son cou. Et au bout, sur sa médaille de baptême, gravé dans l'or, le visage d'un ange joufflu encadré par ses ailes.

Quelle blague! Ce type a été baptisé! Il y a très très longtemps, quelque part dans un recoin pourri de l'Europe, un prêtre a plongé son petit crâne tout mou de bébé dans de l'eau bénite en lui demandant s'il voulait vivre dans la paix du Christ, s'il renonçait au diable et à ses œuvres. Son parrain a promis pour lui: oui, j'y renonce! Et il est là, au-dessus de moi avec son ange trahi. Le prêtre aurait mieux fait de le noyer, ou d'enfoncer un pouce dans son crâne moelleux. Maman serait vivante et je ne serais pas prisonnière.

Hum n'obtiendra rien de moi, ni à Robbinsville ni ailleurs, à part mon corps sous la contrainte. Je sens bien qu'il cherche à baiser *quelqu'un* ou à baiser *avec quelqu'un*. Mais ça ne sera pas avec moi. Dans ces moments-là je ne suis personne, juste un morceau de viande dans lequel il est seul et dans lequel il sera seul jusqu'au bout. Je fais mes yeux de poisson mort, vides et sans âme, en attendant qu'il ait fini. Je suis sa promesse non tenue, l'abîme où il crèvera, je suis *un trou sans fond*.

\*

Le bateau saute les petites vagues, bondit, il est presque heureux et moi aussi. C'est Hum qui l'a loué pour la journée quand nous sommes arrivés sur cette côte de Géorgie. J'ai insisté. C'était ça ou je continuais à bouder.

L'homme qui conduit le bateau est un Russe blanc, très beau. Il parle et il chante russe, il connaît des princesses exilées en Californie. Ma main traîne dans l'eau le long de la coque, je m'asperge le visage, la nuque.

Mes paumes sont fraîches et mouillées.

Notre balade le long de la côte, au sud de Savannah a un but officiel : entrevoir Jekyll Island, l'île des milliardaires et ses manoirs de rêve. Mais, moi, elle me sort de la voiture. Je me cale contre le bord du petit bateau, regarde au loin l'horizon bleu et blanc de ciel et d'écume, je lève la tête vers le soleil et je sens le vent salé qui glisse sur mon visage et les embruns dans mes cheveux. J'aime la mer, c'est la première fois que je la vois et je me demande comment cette masse tient toute seule. Comment elle ne déborde pas et reste bien sagement dans son lit. Il paraît que parfois elle se révolte, elle monte dans le ciel et forme des ouragans et dévaste tout, arrache les toits, inonde les villes. *Je devrais faire comme elle, je sens que je suis comme elle.*

Ça tangue, le Russe chante, il est pieds nus dans ses vêtements élimés, bronzé jusqu'à l'os. Tout ça est tellement sauvage, tellement inattendu. Je veux dire, moi ici. Moi, petite fille recluse dans les terres stériles et les jardins mesquins de Ramsdale, ses petites barrières blanches, ses petites maisons, ses champs de seigle et ses forêts pluvieuses. Et puis ses lacs avec des plages artificielles bien astiquées. Rien à voir avec ce sel, cette lumière, ces vagues heureuses et le danger qui court. Merci à Hum, cette fois, oui *cent fois merci.*

*

Je suis la jeune fille aux yeux pers, la jeune fille qui ne veut plus voyager, qui veut être aimée mais ne sait pas aimer ; la jeune fille aux cheveux tressés, ou mal peignés. Celle à qui on passe tous ses caprices. La jeune fille qui a encore acheté une robe bleu ciel à pois blancs (la troisième), qui veut des huiles pour son bain & des sodas à la cerise & qui dit toujours *oui... oui* autrefois à ses camarades de classe pour qu'ils l'aiment, *oui* maintenant aux vendeuses des magasins pour qu'elles l'aiment, *oui* à Hummy pour qu'il prenne un hôtel à colonnade avec piscine... et qui joue ensuite dans sa grosse voiture aux dames pleines d'oseille avec le fric de son mec qui est en fait son beau-père et qui la b****.

Je repense à maman, à nos disputes pour une tache sur une robe, à nos soirées dans le jardin, nos promenades le long du lac, notre solitude aussi. J'étais son enfant et maintenant je suis la jeune fille qui est une petite pute. Parfaitement. Habillée sagement dans les rues pendant la journée et qui le soir se contemple nue dans le miroir des hôtels. La jeune fille double & solitaire & égarée, qui dès qu'elle entre quelque part s'enferme dans la salle de bains, se déshabille & fait couler un bain brûlant & parle à sa meilleure amie, sa jumelle là, dans le miroir où elle trace des mots & des cœurs. Une fille dans la buée, un peu floue.

*Je sais que certains d'entre nous existent... et d'autres pas. Moi, je me demande parfois si j'existe.*

La seule supériorité que j'ai sur tout le monde, sur Hum et tous ces gens qui nous regardent passer et ne disent rien, c'est que je *sais* que je joue un rôle. Alors que vous tous, oui vous dans la rue qui me voyez en compagnie de ce vieux monsieur, vous êtes *toujours et éternellement vous-mêmes, c'est-à-dire que vous jouez à être monsieur ou madame Untel sans vous en apercevoir.* Vous ne doutez pas et donc vous n'avez pas de doute : cette jeune fille avec ce bonhomme, c'est sa fille, sa nièce, ou même sa nouvelle femme gagnée au bingo... tout est normal.

*

Voyage sans but, incertain. Nous aurons bientôt traversé la moitié du pays. Iceberg Lake dans les montagnes du Colorado, où Hum m'a appris à chasser les papillons au-dessus du Columbine Ressort. Elisabet Ney Museum, Austin : fermé ce lundi où un vent de poussière recouvrait la ville et nous séchait les yeux. Plaines du Texas : herbes jaunes. Nous n'avons fait que passer. Grottes de Carlsbad, Nouveau-Mexique : les stalactites n'ont poussé que d'un demi-quart de centimètre depuis que je suis née. Et Hum a dit à voix basse qu'il m'enfermerait bien ici, *pour que tu ne vieillisses jamais !* Église de l'Immaculée Conception, San Antonio… il faut toujours que nous allions quelque part. Un trou à visiter, la berge d'un lac, une chapelle, un musée encore et toujours. Mais en réalité nous n'allons nulle part. Et puis il y a tous ces hôtels, ces stations-service, ces restaurants et ces boutiques où nous nous arrêtons quand nous sommes à bout ou que la voiture tombe en panne. La vieille bête increvable de maman.

Où allons-nous ? Hum ne répond jamais à cette question. Il dit *attends, je regarde le guide. Alors…* Parfois, il me le pose sur les genoux et me demande de choisir une destination. Un guide du très respectable Automobile Club, déchiré, plein de taches de graisse et auquel il manque la couverture. *Le symbole de ma vie, je suppose.*

Mais je m'en fous du guide et de ses points de vue admirables sur la Death ou la Yellowstone

Valley, de ses peintures rupestres hopies à ne pas manquer et de ses hôtels de charme avec « breakfast exceptionnel ». Je veux savoir ce que je fais ici, à Shakespeare, Nouveau Mexique, où un célèbre aristocrate russe, ex-lieutenant des hussards blancs, a été pendu il y a soixante-dix ans.

« On explore, on s'amuse, tu n'aimes pas t'amuser, Lo? – Je ne m'amuse pas, je m'ennuie. – Tu t'ennuies avec moi? – Oui, je n'ai pas d'amis. – Mais c'est moi ton ami! Tu ne trouveras jamais un blanc-bec qui t'apprendra autant de choses que moi. – Je m'en moque, Hum, j'apprenais plein de choses aussi à l'école. – Écoute, Lo (quand il dit "écoute, Lo", c'est que la conversation est terminée), je suis ton ami et ton père et même ton seul ami et ton seul père désormais et tu as bien de la chance d'être tombée sur moi plutôt que sur un de ces mâles américains qui pensent que Monument Valley est la plus artistique sculpture de l'univers et que l'histoire du monde a commencé avec l'invention de la Ford T ou l'arrivée des Pères pèlerins… blablabla. »

Je le laisse parler. Il adore ça, parler.

Moi, je veux juste aller quelque part. J'en ai assez des fleurs, des papillons, des musées et des leçons de Hum. Assez de lire les livres qu'il m'offre (*Madame Bovary*, cette truffe), et de porter les robes et les souliers qu'il m'achète. Assez des chambres d'hôtel où il ne faut pas faire de bruit et des haltes dans les chemins creux. Et puis je crois aussi que ça ne m'amuse plus de parader dans les petites villes comme Shakespeare, Nouveau Mexique, avec Hum à mes côtés.

Quand même, je pense souvent à Emma Bovary. À sa mort. Un liquide noir sort de sa bouche. Une femme si belle et tellement perdue. Je l'aime bien. Pourquoi n'a-t-elle pas fui ? Je me pose la question à chaque fois que nous sommes dans un bled paumé comme celui-ci. Je me pose la question pour moi. Elle, enfermée dans sa petite ville française avec son piano et son bovin de mari, et moi perdue sur les routes, assise dans cette voiture à côté de cet homme fin et cultivé… Je ne suis même pas un point de crayon sur une des cartes du guide, même pas portée disparue dans l'immensité anonyme de l'Amérique.

*Je suis la jeune fille en cavale, vous ne voyez pas ? Évadée de force. Trop douce est ma peau, trop doux mon sourire.* Je veux qu'on me rattrape, je veux entendre les sirènes de police derrière moi. Et qu'on me ramène à la maison où je pourrais enfin dormir.

Bientôt nous serons en Californie. Là-bas, je jure que je m'évaderai pour de bon, je prendrai le train : il y aura enfin un horaire et une destination. J'irai… j'irai chez Magda. Elle comprendra.

\*

Ce n'est pas *moi*, je le jure, c'est *lui* qui en a eu l'idée un jour où je ne voulais pas, mais pas du tout. C'est parti comme un jeu, ou presque.

Il doit désormais me payer pour chaque caresse, chaque… & chaque… Pas cher, de cinquante cents à un dollar, mais quand même. S'ensuivent dix minutes de délicieuse obéissance où je l'observe, transpirant et asservi, alors qu'il me croit soumise, *moi*. Quelle blague ! Non… Mon sexe est désormais une tirelire anonyme, qui me paiera un bus ou un train pour Los Angeles ou Chicago où jamais il ne me retrouvera.

Et si quelqu'un vient me dire : pas maintenant tu es trop jeune, trop vulnérable ou trop pauvre, je l'enverrai se faire voir en enfer. *L'enfer d'où je viens.*

\*

*Morro Bay, Californie.* Tout a l'air faux ici, mais j'aime bien : le ciel bleu peint et le Pacifique comme du métal martelé, et puis l'hôtel splendide au-dessus de l'océan avec ses colonnes en marbre, ses boiseries, ses allées plantées de fleurs et ses portiers en livrée. Et leurs boutons dorés! Le matin, très tôt, j'entends les vagues en bas, sur les rochers, comme le rythme d'un cœur et je me sens protégée. À midi, la brume se dissipe, tout est d'or, d'azur tombant droit, et au loin sur la mer, on voit la courbure de la terre. Je suis presque heureuse, ma salle de bains et mes penderies ont de grands miroirs et je vois la jeune fille, mon amie d'enfance, qui y danse parfois et qui chante une brosse à cheveux-micro à la main. Mon amie d'enfance disparaît parfois pendant plusieurs jours. Mais dans cette salle de bains, elle est bien.

Ce soir, ça fera dix jours qu'on est ici. C'est moi qui ai supplié Hum de s'arrêter, j'ai dit que j'en pouvais plus de la voiture et que je voulais perfectionner mon tennis. Il m'a dégoté un prof, un ancien champion vieux beau, et m'a acheté des raquettes et une tenue. J'ai trois heures d'entraînement par jour sur le court dans les jardins de l'hôtel, ceux qui donnent sur la mer. Hum est toujours là, assis à l'ombre sur un banc. Il ne regarde pas le jeu ou la balle. Il me regarde transpirer. J'ai compris ça dès le premier jour de cours : ça l'excite de me voir courir et sauter. Il aime que je me baisse pour ramasser la balle ou que je serve, bras tendu, et que ma jupe se lève au-dessus de ma culotte. Il aime la sueur sur mes tempes et celle qui perle sur ma poitrine et sur mes jambes. Ce premier jour, quand on est rentrés à l'hôtel, il a glissé ses mains sous mes bras et il les a senties et léchées et j'ai dû le repousser quand il a voulu me donner ma douche.

Tant mieux si ça l'excite. D'ailleurs, ça me fait un drôle d'effet de le rendre dingue, c'est comme une fièvre. Je le sens qui bande au bord du court. Je me penche, je saute… le pauvre. Quand c'est fini, je remonte à l'hôtel et je dis que je suis trop fatiguée, que j'ai besoin de faire une sieste… évidemment, je dois batailler un peu. Une sieste sans toi, vieux dégoûtant. Parfois je dois crier. D'ailleurs, je suis vraiment fatiguée. Interdiction de me déranger avant le dîner. Alors je fais semblant de dormir dans ma chambre, je suis enfin seule, j'oublie tout et j'écoute en secret les vagues et les mouettes qui crient comme des pensées qui s'envolent.

J'adore le tennis et il y a toujours un moment où je ne songe plus à Hum. Dans son costume blanc, il est comme un vieux drap qui sèche sur le banc. Je joue bien. J'ai fait des progrès en dix jours, coup droit, revers. J'ai même fait un ace !

Tu vois maman, tu avais raison… quand je me concentre, j'y arrive. Et j'arriverai à tout!

*Mon secret.* Près d'une colonne, dans le hall de l'hôtel, il y a un gros buffet en bois noir sculpté, avec des revues, des dépliants publicitaires et un indicateur des chemins de fer et des bus de Californie. Je traîne par là, j'ouvre un magazine, et quand Hum dort encore ou lit sur son balcon, je fouille dans l'indicateur en gardant un œil sur l'escalier. J'ai dû m'y reprendre à plusieurs fois tellement j'avais peur qu'il descende, mais avant-hier j'ai trouvé la page: 22h41, départ deux fois par semaine pour Los Angeles. Terminus: Union Station. La nuit, je rêve d'entendre ça: Union Station, terminus! Je marche sur le quai. La ville est là, tout près, je suis libre. J'irai à Venice. Maman parlait souvent de sa belle-sœur Magda, la sœur de mon père, une Polonaise qui habite Venice. Elle venait parfois à Ramsdale pendant les vacances d'été et était très gentille avec moi, c'est même elle qui m'a appris à nager. Une grande femme blonde aux cheveux bouclés. Magda Bressler. Je ne sais même pas si elle est au courant que maman est morte, mais sûrement.

Je me demande si c'est grand, Venice.

Le train vient de Sacramento, il faut d'abord prendre un bus jusqu'à San Luis. C'est un train de nuit avec des wagons-lits. Bien sûr, je ne pourrai jamais me payer une couchette, je n'ai que vingt-deux dollars (c'est déjà pas mal) mais il y a aussi des places assises. J'imagine un train tout brillant, avec des wagons en aluminium ondulé, ou bleu nuit. Ivan, le bagagiste de l'hôtel est devenu mon ami, enfin, faut le dire vite. Là aussi je dois faire attention, Hum est jaloux de tout, surtout que le bagagiste est bien plus âgé que moi : il a dix-sept ans et il a déjà couché avec une fille. Enfin, c'est ce qu'il dit. D'ailleurs, il me dit tout ou presque et il est là quand j'ai besoin de quelque chose. Je dois être ce genre de fille qui a toujours des amis dans les hôtels, je ne sais pas pourquoi. Bref, Ivan dit que la gare routière est à environ trois kilomètres quand on descend vers les faubourgs de Moro Bay. Il y va souvent avec le pick-up de l'hôtel, chercher les malles des clients. On descend la route de Los Osos et après c'est indiqué.

Je ne pourrai pas prendre ma valise, trop lourde. Je mettrai juste quelques affaires propres dans mon sac à linge sale. Mon haut bleu à pois blancs, mon polo marine et mon pantalon crème à rayures. Et des chaussettes et des culottes. Il faut que je les donne toutes à laver ce soir ou demain. Et une boîte de biscuits... je ferai une liste tout à l'heure. Il faudra aussi coucher avec Hum juste avant pour qu'il ne débarque pas dans ma chambre après le dîner. Oh, j'ai trop de choses à penser! Je voudrais qu'on vienne me chercher! Hum répète que je suis belle et que je suis sa Lolita, sa princesse... Mais à part lui, qui veut d'une petite princesse comme moi, une *petite mendiante*?

*

C'est trop tard. Il y a deux hommes dans mon compartiment, ils dorment ou font semblant. Les lumières et les néons de San Luis Obispo frappent un instant les vitres du train, des filets jaunes et bleus tournent à toute vitesse, s'accrochent au verre et glissent dans la nuit comme des fantômes. Maintenant, le train reprend de la vitesse, on est en banlieue: toutes ces maisons, ces murs, ces jardins, toutes ces vies. Pendant un long moment on suit une route en contrebas, mais bientôt on roule plus vite que les voitures et tout redevient sombre. La terre est à nouveau noire, c'est la campagne ou le désert et il n'y a plus que mon reflet dans la vitre.

Ça me fait battre le cœur, ce vide devant moi. Trop tard pour revenir à l'hôtel, me glisser dans mon lit et prendre demain mon petit déjeuner. Je me demande ce que je fais ici. L'homme en face de moi est un soldat en uniforme avec des insignes que je ne comprends pas. Il pourrait être mon père, je veux dire mon vrai père, qui dort la bouche ouverte, les lèvres tombantes comme si tout le dégoûtait ou qu'il se moquait de tout. Je me demande ce qu'il a vu pour avoir cet air-là. On passe des ponts, des tunnels, la sirène du train hurle et mes oreilles se bouchent. Je serre mon sac à linge contre moi : tout ce que j'ai est là et si je disparaissais maintenant ma vie se réduirait à ça. Pas d'amis, pas de famille, pas de maison, seulement quelques vêtements et une poupée toute rongée.

*L'Europe.* Il est peut-être allé en Europe, faire la guerre. Il y a tellement de gens qui y sont allés. Je me souviens, tous ces enfants morts ! Il y en avait plein les actualités, plein les journaux. Maman me défendait de regarder, mais je les voyais quand même. Des têtes, des bras qui dépassaient sous les décombres. À cette époque, je voulais être infirmière, je voulais aussi être un homme. *(J'aimerais encore être un homme, mais les cartes ont été distribuées une fois pour toutes, je dois jouer avec, et bluffer et avancer mes pions comme je le peux...)*

... Et en classe, je racontais à mes amies que mon père avait été tué là-bas. Maman l'a appris, elle a crié, pleuré, et j'ai eu honte. Je n'aurais pas dû mais je ne pouvais pas m'en empêcher. On ne voyait que ça, la guerre. C'était de belles années malgré tout : tout le monde parlait à tout le monde, on écoutait les nouvelles, on les attendait. Bonnes, mauvaises. Tous les jours il y avait quelque chose à commenter. Même madame Gish, la sorcière, discutait avec maman, et les commerçants parlaient longtemps avec leurs clients. Qu'est-ce qui s'est passé aujourd'hui ? Vous n'avez pas lu le journal ? La bataille de Monte Cassino, d'Iwo Jima, nos troupes qui avancent ou reculent... *Oh, on était ensemble, n'est-ce pas ? On se regardait. Parfois on riait pour rien.* Ou on pleurait, comme quand le fils de la dame derrière l'école a été tué en Allemagne. C'est l'épicier qui nous l'avait dit. Elle avait juste reçu un télégramme ce matin-là, et elle n'avait plus de fils. On ne la connaissait pas, mais on a pleuré quand on est rentrées, maman et moi. Plus tard on est allées à l'enterrement et maman me serrait contre elle comme si elle avait peur que je parte moi aussi. Je me souviens que ce soir-là, elle a posé son front contre le mien et m'a dit qu'elle m'aimait très fort et qu'elle aimerait mieux mourir que de me perdre. On a pleuré toutes les deux et puis je suis allée dormir dans son lit comme quand j'étais toute petite.

Oui, on était vraiment ensemble. Il y avait des drapeaux sur chaque maison, chaque barrière, et c'est moi qui avais accroché le nôtre. À ce moment-là, il faisait ma taille. Tout le monde vivait en attendant la fin de la guerre, en espérant. Ça va bien finir un jour! Oui, bientôt. Et quand elle est arrivée, la fin de la guerre, quelle fête! Je me souviens, quelle fête dans Ramsdale! C'est le soir où j'ai dansé avec Harold Murphy dans le grand jardin des Hatfeld et où on s'est cachés derrière la remise de ses parents pour s'embrasser. C'était juste un petit bisou sur les lèvres mais j'en tremblais, je me sentais toute faible. Les premières lèvres que mes lèvres touchaient. Et les dernières aussi. Parce qu'après, plus rien. C'était fini. Les gens ne savaient plus quoi se dire. Même Harold Murphy ne m'a plus vraiment parlé, comme s'il avait honte de s'être laissé aller cette nuit-là, et ses copains me regardaient en ricanant. J'ai su tout de suite ce que ça voulait dire: quel enfoiré. Je n'ai vraiment pas de chance.

Le calme est revenu dans les rues, dans les magasins, les maisons. L'usine d'aviation de l'armée a fermé et des familles entières sont parties du côté de Boston ou de Philadelphie. On s'est tous regardés, un peu sonnés, comme dans une salle de cinéma quand les lumières se rallument. On a remis nos manteaux, on s'est levés, et la vie a repris. C'est là qu'on a commencé à s'ennuyer maman et moi, à se disputer même. Jusqu'à l'arrivée de Hum.

Le train roule maintenant au bord de la mer, on dirait du papier d'aluminium froissé dans la lumière d'avant l'aube. J'ai dû dormir parce que le soldat est parti, l'autre homme aussi, et je suis seule dans le compartiment. Je vais mieux et je sors de ma poche les quinze dollars qu'il me reste, je serre les billets entre mes deux mains, je les lisse. Tout cet argent amassé jour après jour et que Hum n'a pas réussi à me subtiliser. Je réalise seulement maintenant que c'est très important, la condition de ma survie – c'est la première fois que je vois de l'argent, je veux dire *que je le vois pour de vrai.*

Le train penche dans les courbes. On passe au-dessus de petites maisons au bord de l'eau et au milieu de villages où il ne s'arrête pas. Autour de moi, dans les gares, sur les clochers et dans les vitrines des boutiques, des cadrans donnent la même heure, leurs aiguilles tournent et sautent de seconde en seconde, toutes ensemble. Partout, des trains comme le mien circulent, arrivent à l'heure et le monde tourne dans une indifférence absolue. Et moi je suis ici, sur cette banquette. Je regarde par la fenêtre et j'ai soudain la sensation vertigineuse que tout cet espace m'appartient, et que rien ni personne ne peut faire que je ne sois pas ici, dans cette masse de fer qui roule en cadence vers la ville. *La petite mendiante s'est évadée. Toute seule. Personne ne la cherche encore.*

Soudain, je me sens infiniment puissante. Et bénie.

*

*Los Angeles.* La gare est toute blanche, carrelée, les gens crient. On dirait un hôpital traversé par des fous à valises qui ne dévient jamais de leur trajectoire et qui, fatalement, se rentrent dedans. Personne ne veut me renseigner, pas le temps, et dehors c'est pire. Un ciel d'aube splendide au-dessus d'une tempête de voitures et de camions de livraison. Rafales de klaxon et d'insultes, je n'ai jamais entendu un tel boucan et je ne sais pas comment ils font pour s'éviter.

Je cherche un bureau de poste, au hasard. Le quartier de la gare est misérable, des hôtels sans noms, presque pas de trottoirs et des gens par terre, adossés aux murs, qui se réveillent. Près d'un tas de rails rouillés, des enfants dorment encore sur des couvertures sales et des mouches courent sur leurs visages sans rêves. Je ne suis pas beaucoup plus âgée qu'eux, ni plus riche. Je lève la tête et j'accélère le pas, je ne veux pas voir. Non, je ne finirai pas ici. La brume du matin se lève lentement et on aperçoit maintenant la cime des immenses palmiers plantés en ligne à l'infini, quelques feuilles dorées dans le soleil rasant. On dirait de minuscules têtes de guerriers fous plantées sur des piques après une bataille perdue. Rien n'est comme je le croyais. J'espère que Venice est mieux, je veux dire plus propre. Sur San Alameda, je prends à droite et tourne le dos au soleil. J'ai envie de courir. Il faut que j'aille le plus possible vers l'ouest, vers l'océan. Je m'oriente comme sur la mer, tous ces gens, toutes ces voitures sont des algues, des poissons.

Hum a dû entrer dans ma chambre et s'apercevoir que j'ai disparu. Je le vois qui

s'affole, qui fouille l'hôtel l'air de rien, en sour-
dine, paniqué… J'aurais pu rester, sans peur, au
chaud. J'aurais pris des gaufres, des pancakes et
pour le reste, je suis habituée. C'est fou comme
on préfère toujours la souffrance et l'inconfort
quotidien à l'inconnu et au bonheur possible.

*15 h 30.* J'écris pour me donner une conte-
nance dans un coin du bureau de poste de la
4$^e$ Rue Est. Les employés ne font pas attention à moi. Dans l'annuaire (il est énorme), il
y a au moins douze Bressler à Venice et seulement deux M. Bressler mais ce ne sont pas
les bons. Une dame de la poste m'a donné un
numéro de cabine et j'en ai appelé un, puis elle
m'a indiqué une autre cabine, deux, et encore
une autre, jusqu'à sept. Je pars, je reviens, je
paie, je refais la queue et je demande un autre
Bressler. À chaque fois je cours entre les hommes
qui attendent, ceux qui traînent là, mais j'ai les
jambes en fumée. J'ai tellement peur de téléphoner à… des gens. Je ne sais pas vraiment à qui,
en fait. Non, il n'y a pas de Magda ici. Quelle
Magda? Parfois ils hurlent, je les dérange, sauf
une dame très gentille. Et si elle n'était pas dans
l'annuaire? Sur une espèce de liste secrète, je ne

sais pas moi, pour qu'on ne la dérange pas. Je suis
dingue. Pour les autres Bressler, ça sonne dans le
vide et il faut attendre. Le comptoir m'arrive aux
épaules et les standardistes sont tellement occu-
pées! Je n'ose pas les déranger tout le temps. J'ai
peur de l'homme en chemise et casquette qui les
surveille. Elles en ont peur elles aussi, je le vois
dans leurs yeux. J'ai failli pleurer, je n'imaginais
pas cette ville si remuante et si grande. Dehors,
le soleil a surgi comme un poing. Même sous les
ventilateurs qui tournent au plafond, on crève de
chaud. Mes cheveux collent, mon haut est taché,
j'ai l'air d'une fugueuse.

*17 heures.* Il était temps. J'ai enfin parlé à
Magda qui vient me chercher dans deux heures.
Elle ne peut pas faire mieux. C'est loin Venice et
elle vient en tramway. Je suis maintenant assise
dehors, sur les marches du bureau de poste. Près
de moi, et jusque très loin dans la ville, les réverbères et les néons s'allument les uns après les
autres, de toutes formes et de toutes couleurs. Je
n'en ai jamais vu autant! Ils dessinent des mots
dans l'espace, ils l'agrandissent et le dilatent. La
ville est comme un infini sapin de Noël qu'un
géant aurait écrasé, avec ses boules, ses guirlandes
d'avenues et ses coins d'ombres. Ici, les rues se

vident, la poste a fermé, la gentille standardiste m'a dit au revoir en partant, juste un signe. Et puis « ne reste pas là petite ». Alors je repense à ce que j'ai vu dans le journal que j'ai récupéré dans la corbeille, le portrait d'une jeune fille souriante. On a retrouvé son corps dans une décharge de l'est de Los Angeles, elle a été « étranglée et victime de mutilations sexuelles ». C'est la troisième femme découverte en un mois dans ce coin-là, elle habitait un quartier tranquille de Los Feliz et le journal montrait même sa maison, une petite maison avec deux colonnes devant l'entrée, comme la nôtre à Ramsdale. Autour de moi tout est devenu étrangement calme, les gens passent, solitaires. Ils rentrent chez eux, dans leur famille, retrouver leurs télés & leurs enfants & leurs femmes. Je n'ai pas retenu son nom, le nom de la femme étranglée. J'aurais peut-être dû. Au moins essayer.

*Désormais, elle n'est plus qu'un corps à la morgue. Elle ne danse plus devant son miroir. Elle est totalement enfermée en elle-même.*

Il y a une épicerie ouverte de l'autre côté du boulevard, j'ai soif mais je n'ose pas bouger, je pourrais rater Magda. Elle me chercherait et repartirait, oh non, je préfère mourir de soif! Les autos ont mis leurs phares et la folie de ce matin a cessé. Je me tasse contre le mur et pose ma tête sur mes genoux pour occuper le moins d'espace possible. J'attends. La nuit tombe, le ciel est orange de plus en plus foncé et, dans le bleu profond qui flotte encore au-dessus des montagnes du côté du désert, une minuscule étoile cligne comme un diamant. Je ne peux pas la toucher mais je peux sentir sa solitude.

*

Cinq jours que je suis chez Magda et Neil, son mari, qui tous les deux m'appellent par mon vrai prénom, celui que m'a donné maman : Dolores. Ou parfois Lola, mais jamais Lolita ou Lo. Ça me fait des vacances, et puis chaud au cœur je crois. Je dors dans le salon où on dresse un lit de camp quand la vaisselle est finie, après le dîner. Dans la journée, je suis seule. Je fais la lessive, les poussières, je balaye et je lave par terre. J'aimerais bien repriser mais je ne sais pas. Je ferais n'importe quoi pour rester ici.

Au début, quand elle a monté les marches de la Poste, je n'ai pas reconnu Magda, son visage avait l'air poché dans du lait. C'est comme si elle avait gonflé au soleil ou sous l'effet de médicaments, mais en me tirant vers le tramway du retour, en saluant le chauffeur et en déplaçant d'autorité des gens pour nous asseoir l'une à côté de l'autre, j'ai retrouvé la femme vigoureuse que je connaissais, farouchement agressive envers tout ce qui pouvait contrarier ses projets ou sa place dans le monde. On aurait dit que c'était elle qui commandait les chauffeurs, les feux rouges ou les piétons qui traversaient. Et même l'emplacement des rues ou des arrêts de tram. Après deux changements et une heure et demie de trajet, nous sommes arrivées ici, dans sa minuscule maison de Venice Beach où elle vit avec Neil. Ils sont encore jeunes, mais ils ont l'air abîmés. Bien plus que maman ou Hum. Abîmés par le travail, la vie ou je ne sais quoi d'autre qui les ronge.

Je sentais qu'elle en brûlait d'envie, mais pendant le dîner, elle ne m'a pas posé de questions et a seulement parlé de maman. Elle n'a pas pu aller à son enterrement, ma pauvre petite, parce qu'elle travaillait depuis peu chez les Henry à West Hollywood et que, ça tombait mal, c'était justement l'anniversaire de madame Henry & ils avaient invité un monde fou & elle ne pouvait pas laisser tomber madame Henry un jour pareil, non, même pour l'enterrement de sa belle-sœur & sûrement que madame Henry aurait pris quelqu'un d'autre & elle aurait peut-être perdu sa place, une place formidable parce que madame Henry était si généreuse mais que c'était aussi une vraie saloperie sans scrupule dont il fallait se méfier comme disait Neil... Neil faisait oui de la tête sans dire un mot. Au lieu de venir à Ramsdale, elle est donc allée au temple et a prié pour l'âme de maman. J'ai menti et décrit une belle cérémonie avec plein de fleurs et tout ça, j'ai même raconté que j'avais pleuré au cimetière et j'ai vu qu'elle avait les larmes aux yeux. Puis elle m'a attrapée et serrée contre elle, ce qui n'était pas facile parce que nous étions à table et que j'ai failli tomber de ma chaise.

Le repas s'est éternisé, je ne savais pas pourquoi nous restions à table. Neil et Magda regardaient la pendule au-dessus de la porte.

Puis elle s'est mouchée et a pris un air sérieux. Pourquoi ? Pourquoi es-tu là ? Ses yeux pleins d'eau étaient soudain très clairs, précis dans les miens. Je savais que ce moment allait venir et j'avais tout préparé : je ne pouvais plus vivre dans cette maison de Ramsdale, ai-je dit. Elle était comme... hantée. Je pensais tout le temps à maman à cause de la maison et il me fallait de l'air, une nouvelle ville, un nouveau collège. Ou prendre le large au moins pour les vacances. Alors j'ai eu l'idée formidable de monter dans le train pour venir ici, à Venice. Maman m'en parlait tout le temps de Venice, de ses virées avec Magda et tout ça. Elle était ma seule famille désormais, je n'avais plus personne.

Magda a souri, elle a pris ma main sur la table. Peut-être qu'elle s'en souvenait aussi, de sa jeunesse avec maman. Puis elle a demandé : « Mais… mais tu es toute seule à Ramsdale ? Il n'y a pas quelqu'un qui, je veux dire… le nouveau mari de ta mère ? Il est pas parti en te laissant toute seule, quand même ! »

J'aurais dû dire qu'il avait filé, que c'était un salaud, un abandonneur d'enfants, mais non, je n'y ai même pas pensé, et je suis restée coincée dans mon histoire de maison hantée que je m'étais répétée dans le train : « Oh oui ! Hummy ! Oui, il s'occupe bien de moi, mais c'est pas lui le problème, c'est vraiment cette maison… tout le coin, même. »

Magda m'a regardée comme si j'avais dit une énormité, une chose à laquelle aucun être sensé ne penserait jamais. J'ai eu peur qu'elle comprenne que je m'étais sauvée & j'ai aussitôt dit que Hum était au courant & qu'il était d'accord & que c'était même lui qui m'avait donné l'argent pour venir.

« Sans me prévenir ? Sans téléphoner ? Enfin…

— Je ne sais pas, je croyais qu'il l'avait fait, que c'était d'accord.

— Non. On n'a pas reçu d'appel, pas vrai Neil ? »

Depuis le début, son mari se contentait de m'examiner avec ses gros yeux fatigués, de ramasser les miettes de pain sur la table et d'en faire des petits tas. On voyait clairement que ce n'était pas lui qui parlait ou prenait les décisions dans cette maison. Puis Magda a commencé à me poser des questions sur l'argent, justement. Parlons-en ! Est-ce que j'en avais ? Qui en avait ? C'était ce « Hummy » qui avait hérité de la maison et des assurances de maman ? Je n'en savais rien, je ne savais même pas que maman était propriétaire et avait des assurances ou quoi, je ne m'étais jamais posé la question. Magda dit tout bas : « Mais qu'est-ce que c'est que cette histoire, mais bon Dieu qu'est-ce qu'elle fait ici… »

Puis elle s'est tue.

Ils étaient là tous les deux, désemparés, et j'ai baissé la tête. Soudain, j'ai réalisé que mon projet de venir vivre ici était vraiment cinglé. Je n'avais pas pensé à ce que ça donnerait dans la réalité : nous trois assis dans une cuisine, en chair et en os, avec des miettes de pain, et eux deux qui allaient travailler demain matin, tout entiers pris dans une vie réelle et tout à fait étrangère, à l'autre bout du continent. J'étais comme une somnambule, vulnérable et absente. Flottante, obstinée. Un esprit et un corps étrangers qui demandent juste à entrer, à faire partie. À habiter une maison !

Il y eut un long silence, pas même un raclement de pieds. Il me sembla que la lumière crue de la lampe au-dessus de la table n'éclairait plus que nous et que partout ailleurs le monde était plongé dans les ténèbres. J'ai eu peur qu'ils me demandent de partir tout de suite. Puis Neil a encore hoché de la tête, s'est levé, et on est allés se coucher en se posant des questions sans réponses. Magda m'a aidée à faire mon lit, puis m'a encore serrée dans ses bras, elle sentait l'ail et la soupe mais j'étais si heureuse ! Dans la nuit, j'ai entendu quelqu'un qui descendait boire de l'eau dans la cuisine. Puis j'ai vu sa silhouette, celle de Neil, qui est venue à la porte du salon et est restée là un long moment à me regarder dormir. À faire semblant de dormir. Je n'ai pas bougé, je voulais juste rester là. Même un jour de plus, une semaine, toute la vie. *J'espère qu'il ne peut pas voir dans mon rêve.*

Le lendemain matin, Magda a surgi à l'aube dans une robe de chambre mauve, tachée, et j'ai pensé qu'elle n'avait pas dormi tellement elle était préoccupée et épuisée. Elle ressemblait à un de ces horribles poulets plumés enroulé dans un journal et dont la tête pend d'un sac. Trois fois, elle a tenté de téléphoner à Ramsdale pour parler à Hum, mais à chaque fois elle est tombée sur la même famille qui venait de s'installer dans le Maine et à qui on avait attribué ce numéro. Coincée entre Magda et le mur, j'avais l'écouteur à l'oreille, espérant je ne sais quel miracle. Que maman réponde, que tout cela ne soit qu'un rêve ou un long mensonge de Hum.

Quand elle a raccroché pour toujours, quand les voix de ces gens se sont éteintes là-bas de l'autre côté de l'Amérique, j'ai vu notre petite maison se replier sur elle-même comme une feuille de papier qu'on froisse et qu'on laisse tomber par terre. *Rien ne te retient plus à elle ni à ton enfance, c'est fini. Tu es jetée dans la vie. Les dés roulent…*

\*

Magda veut absolument parler à Hum et me regarde comme si j'y pouvais quelque chose, comme si je *savais* quelque chose qu'elle ne savait pas. Je vois bien que je les dérange, qu'elle ne comprend pas pourquoi je suis là. Ce matin, elle

m'a posé une série de questions sur Hum auxquelles je n'ai pas vraiment répondu. Au début
elle était tendre, souriait, puis comme je ne
disais toujours rien de précis, elle s'est énervée,
les veines de son cou ont grossi, sa voix est devenue aiguë. « Tu sais ou tu sais pas ? » Je ne sais
pas, pas grand-chose. À part que c'est un écri-
vain et un homme cultivé & un professeur & qu'il
est assez drôle quand il veut & Européen & parle
parfaitement anglais & chasse les papillons en
prononçant toujours leurs noms latins… *Voilà!*
Voilà ce que je sais ! *C'est tout!* Moi aussi j'ai crié !
Sans le vouloir. Et tout s'est arrêté.

Silence, mes yeux dans le vide, ceux d'un animal égaré sur une route.

Neil ne disant toujours rien, tournant sa cuillère dans sa tasse de café en m'examinant. Moi,
m'apercevant que j'étais en culotte et soutien-
gorge et filant près de mon lit mettre un jean et
un tee-shirt. Mes fesses s'étaient emplies depuis
quelques mois, et mes petits seins durs étaient
devenus plus gros, comme deux balles élastiques
et crémeuses que je prenais dans mes mains en
coupe le matin, devant le miroir de la salle de
bains. Magnifique ! Oui, c'était merveilleux de
les voir ainsi, couronnés de ces mamelons qui
durcissaient quand ils avaient froid ou quand le

tissu d'un chemisier les frottait. J'avais désormais des nichons, comme disent les garçons. Les garçons, eux avaient des pénis, des bites, des queues, qui enflaient et durcissaient quand ils étaient excités, et au-dessous des testicules, des couilles, qui étaient si fragiles qu'il ne fallait pas les presser dans la main mais à peine les effleurer. C'était leur point faible, et en même temps, leur arme redoutable. Oh, oui! Je savais tout ça à mon âge. Je n'avais encore rien vu de la vie et je savais que Neil aussi en avait, même s'il était mon oncle, même s'il était marié à Magda qui venait de hurler, comme moi.

Je cours. Je suis assise, le visage dans les mains.

Et je me mets à pleurer, là, dans le salon, sur mon lit défait, en regardant mon petit baluchon qui contient tout ce que je possède dans la vie. Je pousse les larmes avec mes doigts, je renifle et dis : « Oh pardon ! Pardon Magda, je n'aurais pas dû crier. Je ne sais pas ce que j'ai, je vais partir, vous laisser tranquille. C'était une mauvaise idée de venir… Seulement, je ne sais pas où aller ! Je ne peux pas retourner à Ramsdale ! »

*Tu ne peux pas dire la vérité. Personne ne te croirait. C'est trop incroyable, n'est-ce pas ? Cette course vers nulle part, ces motels, toutes ces robes, ces glaces, ces musées, ces kilomètres, et puis toujours,*

*cette sidération quand il vient te... Il doit bien exis-*
*ter un mot pour le dire. Pas un de ces mots dégoû-*
*tants, un autre, plus convenable. Un mot latin*
*peut-être. Mais... Oh! mon Dieu, je ne le trouve*
*pas.*

Magda s'approche avec un mouchoir. De la
morve me coule du nez et mes yeux sont rouges.
Elle se penche, pose sa grosse tête sur la mienne
et demande pardon, elle aussi. Pourquoi ne
veulent-ils pas de moi comme quand ils venaient
en vacances à Ramsdale? Quand Magda m'ap-
portait des gâteaux fourrés à l'orange et m'appre-
nait à nager dans le lac en répétant que chez elle,
à Venice, il y avait l'océan et qu'un jour je verrais
ça, l'océan! Parce que les choses ont changé, dit-
elle. Avec la fin de la guerre, tout est devenu plus
dur, les usines d'armement ont fermé, d'autres
aussi, des centaines d'ateliers dans le coin et il
y a tous ces soldats qui sont rentrés et qui ont
droit à du travail avant les autres, avant ton oncle
Neil par exemple. On n'a peut-être pas fait les
bons choix, c'est pas de ta faute, ne t'en fais pas.
Elle m'a prise dans ses bras et a répété repose-toi
petite, repose-toi, on va trouver. Trouver quoi je
ne sais pas. Elle s'est habillée, m'a fait des recom-
mandations pour la journée, et a couru prendre
le tramway pour West Hollywood.

Ce soir-là, on était que nous deux et elle m'a fait des crêpes. Des crêpes au sucre, des crêpes à la pulpe d'orange et de citron. Et nous avons ri en racontant les vieilles histoires avec maman. Elle riait tellement qu'elle a failli en perdre son dentier, ce qui d'habitude m'aurait fait vomir, mais qui cette fois nous a fait doublement rire. Ne le dis pas à Neil, hein ! Ne dis pas quoi, Magda ? Que j'ai un dentier ! Il ne sait pas ? Non ! et on est restées pliées en deux, comme ça, dans la cuisine, à rire avec nos crêpes dans la bouche et à en envoyer partout sur la table. C'était la première fois que je riais *vraiment* depuis des mois !

*

Trois jours que personne ne me pose plus de questions. À part pour me demander si je ne me suis pas ennuyée. Oh non ! Comment pourrais-je m'ennuyer dans une maison si calme, je veux dire, si accueillante ? Quand Magda rentre, on s'embrasse, je prends son sac de courses qui est si lourd et je range tout dans le garde-manger et les placards. Puis je lui sers une limonade bien fraîche et elle me dit merci ma fille. Je n'ai jamais tellement aimé que les gens m'appellent ma fille, mais là, c'est différent. Ça sonne vrai.

Vers sept heures, on met la table, trois couverts et on attend Neil, qui rentre, ou pas, ou tard, après avoir bu avec les gars de l'atelier. Il rentre parfois quand on est déjà couchées et je l'aperçois qui vient à ma porte après avoir pissé et roté dans le jardin, en débardeur et ceinture pendante. À chaque fois, ça me réveille mais je fais semblant de dormir, toute molle sous le drap. Jamais il ne s'est approché mais j'ai bien vu comment il me regarde quand il est là, je sais repérer ces choses maintenant, je veux dire, maintenant que j'ai des seins et des règles et que je sais comment ça se passe avec les hommes. Peut-être qu'il a flairé quelque chose, quelque chose qui cloche chez moi, même si je fais attention à toujours m'habiller jusqu'au ras du cou, mais je m'en moque : il y a ma tante Magda maintenant et elle me protégera s'il le faut.

C'est comme ça que j'ai passé les premières journées, seule dans cette minuscule maison de Venice, sans oser sortir, sauf dans le petit jardin de derrière et sa remise où se trouvent les outils de Neil qu'il ne faut pas toucher. Je passe des heures à récurer, à faire les lits, à étendre le linge, je me fais mal aux mains, au dos, mais je jure que je suis bien, incroyablement bien. Mieux que sur un court de tennis, dans un hôtel de luxe ou même au cinéma ou au restaurant. À midi par exemple, je me suis fait un merveilleux sandwich avec ce qui restait de blanc de poulet et j'ai écouté la radio qui diffusait *When you were sweet sixteen*[6] et j'ai rêvé d'avoir *tendrement* seize ans.

\*

*Même Dieu meurt s'il n'est pas aimé. Le sort des enfants.* Je les vois sur la plage de Venice quand je sors. Ils sont seuls souvent, leurs parents parlent entre eux, leur donnent des coups sur la tête, des claques sur leurs petits visages. Viens ici, ne fais pas ça, remets ta casquette, retourne là-bas… Peut-être que je ne vois que ceux qui sont maltraités, je ne sais pas. Mais comme je voudrais les protéger, les aimer! En rentrant par Anchorage Street, il y avait un de ces gosses qui marchait sur le bord du trottoir en faisant des grands pas pour éviter les rainures entre les dalles, comme font les enfants. Il chantait: « *Si un cœur attrape un cœur qui vient à travers les seigles…* » Jusqu'à ce que sa mère ou sa nourrice se retourne pour le tirer salement par l'épaule de son petit costume en criant: « *Holden! Ça suffit, arrête de lambiner!* »

---

6. Chanson de Perry Como, 1947.

Il en a perdu sa casquette et elle l'a aussi disputé à cause de ça.

Il ne faisait que chanter et moi, ça me faisait du bien de l'entendre et ça faisait du bien à l'univers entier. J'aurais voulu la tuer, puis lui dire que dans la vie, on a le droit de lambiner. Si on ne le fait pas à cet âge-là, on le fait quand? Après, tout s'accélère je suppose, on a des tas de choses à faire comme Magda et Neil. Des tas de choses absurdes. Vite se lever, se laver, s'habiller, vite prendre le tram, travailler, déjeuner, travailler encore, et puis vite rentrer, faire les courses, le dîner, manger, se coucher et vite, vite ça recommence. Plus le temps de rien, plus le temps de chanter en évitant les rainures entre les dalles d'un trottoir.

Moi je veux lambiner comme ce gosse à casquette. M'échapper comme lui et sentir mes pieds nus s'enfoncer dans le sable ondulé et les vagues brillantes de Venice Beach. Sinon, pourquoi le sable, pourquoi les vagues, les forêts et les montagnes? *Elles mourront aussi si elles ne sont pas aimées, montagnes ou forêts.*

\*

*Quelle rigolade!* Magda m'a tirée juste à temps pour que je monte dans le tram et de tram en tram (on en a pris au moins mille) nous sommes allées à ce bal de Polacks du côté de Torrence. Au départ, je ne voulais pas y aller. J'imaginais des tas d'inconnus chauves et saouls – je ne sais pas pourquoi chauves –, hurlant des chansons polonaises, tapant dans leurs mains, se contorsionnant dans des danses ridicules, et même qu'il y aurait un moment où on me forcerait à monter sur la table pour danser aussi et amuser la galerie. Mais ça ne s'est pas du tout passé comme ça. Il y avait bien des Polonais qui parlaient polonais, mais avec moi, ils parlaient parfaitement anglais. Déjà, les portes du restaurant étaient décorées et clignotaient comme si c'était Noël, alors que j'étais en sandales et en robe d'été bleu nuit.

À l'intérieur du papier doré froissé et collé sur les murs avec des calicots pleins d'inscriptions en polonais; puis deux immenses tables, très longues, dressées avec des bougies et des petits saladiers d'argent qui brillaient dans une lumière douce et une musique très forte, incroyable, qui ne ressemblait à rien de connu, à vous faire pleurer et puis aussitôt après, rire. Moi, ça me faisait plutôt rire. Une ambiance formidable. Magda n'a pas dit bonjour à tout le monde parce que sinon ça lui aurait pris toute la soirée mais, à chaque fois, elle m'a présentée comme sa nièce du Massachusetts. J'étais gênée mais tellement contente d'être sa nièce et que tous ces gens s'extasient en criant « Oh mon Dieu ! » vers le plafond, et me disent que j'étais belle et grande.

À table, elle m'a assise à côté d'elle. J'avais encore un peu peur et tout ce vacarme de voix et de raclement de fourchettes paraissait étouffé comme dans un aquarium. J'ai cru que j'allais me sentir mal quand une dame, en robe d'un rouge éclatant fermée jusqu'au menton, est arrivée sur l'estrade au bout des deux tables. Elle a fait un petit discours pour nous souhaiter à tous une bonne soirée et le spectacle a commencé. Un spectacle de chants et de danses, avec des gens déguisés en Polonais du Moyen Âge sans doute, qui tournaient sur eux-mêmes en couples et en se tenant par le coude. À chaque fois qu'un morceau finissait, la foule applaudissait et des milliers de confettis argentés et dorés leur tombaient dessus comme par magie dans un craquement de pétards. J'ai pensé qu'ils devaient en avoir marre de cette pluie de papiers dorés, mais non, ils recommençaient, sortaient des fausses épées et faisaient semblant de se battre tout en dansant, en frappant l'estrade de leurs bottes, et les gens à table quittaient peu à peu leur place pour danser comme eux.

C'est à ce moment-là que Magda m'a versé de l'alcool dans un petit verre et dit : « Allez, c'est fête, tu as le droit de boire un peu. » J'ai trempé mes lèvres dedans, c'était fort, glacé et bouillant. On aurait dit un produit pour laver les vitres. « Vas-y ma chérie, bois. Comme ça ! En une gorgée, hop ! » Et elle tendait le cou comme un veau qui tête sa mère et y laissait glisser le liquide. J'ai fait comme elle. Au bout de trois fois, ça ne me faisait plus mal. *Le corps s'habitue, je suppose, comme il s'habitue à tout.* Au contraire, je me suis sentie plus légère et l'espace est peu à peu devenu moins grand ; les éclats du monde se sont rassemblés, le son a cessé de résonner et je me suis retrouvée bien assise, bien calée sur ma chaise. J'étais enfin là, dans une sorte de fièvre paisible, moins anxieuse et moins perdue au milieu de ces gens bizarres ! Je commençais à oublier que j'étais avec des gens bizarres. J'ai même parlé à ma voisine et ri avec elle, une dame très drôle de Torrence qui me racontait joyeusement ses histoires avec son mari (c'est étrange ce qu'on peut raconter à des gens qu'on ne connaît pas quand on boit de l'alcool) et je n'ai plus eu tellement peur. Je suis restée sagement assise jusqu'au dessert. Magda, elle, buvait beaucoup de petites gorgées.

Puis elle s'est levée elle aussi (c'est là que j'ai eu peur qu'elle me demande de monter sur la table) en disant « Oh viens, il ne faut pas rater ça ! » et m'a entraînée dans la danse qui maintenant faisait un grand cercle bondissant. C'était drôle, on se tenait par les épaules et on manquait sans cesse de tomber quand on changeait de direction. Au bout de deux tours, un colosse aux cheveux gris s'est détaché du cercle, s'est approché de moi et m'a désignée du doigt en souriant et se dandinant. Ses grosses mains faisaient viens, viens. *Oh pourquoi moi ? Pourquoi m'a-t-elle emmenée ici, je ne voulais pas être ici.* J'ai fait non de la tête. Je devais être toute rouge. Magda m'a poussée du coude en disant : « Vas-y ma fille c'est la vie ça, vas-y danse, profite ! » Je ne voulais pas mais elle a continué à me pousser et je me suis retrouvée au milieu du cercle avec lui. J'ai baissé le front comme un petit taureau, comme je sais faire, j'ai à demi fermé les yeux et je lui ai donné mon bras et il m'a fait tourner, tourner, puis il m'a pris les mains et m'a fait voler au centre du cercle en pivotant sur lui-même de plus en plus vite et mes pieds ont décollé du sol comme quand j'étais enfant. Et tout le monde a crié et applaudi la petite poupée volante que j'étais, dans ma robe d'été bleu nuit. *Au fond, il suffisait de se laisser faire, de se laisser emporter. C'était aussi facile que de tomber d'une fenêtre ouverte.* Sauf que cette fois, j'étais tellement heureuse au milieu de tous ces gens, si gentils, si bienveillants. Et Magda était si drôle quand elle avait bu.

Quand la musique s'est enfin arrêtée et que cette foule titubante est sortie, des gens derrière des tables près de la porte nous ont distribué des petits paniers. Petits comme des jouets. Il y avait écrit dessus : *Comité d'Entraide Polonais.* Ils étaient remplis de mini-légumes, de viande enveloppée dans du papier, et d'une demi-bouteille de vodka. Nous étions quasi seules dans le tram de nuit, assises tout à l'arrière. Magda a pris la bouteille et l'a ouverte. Elle en a bu quelques longues gorgées, m'en a autorisé une, puis l'a jetée par la fenêtre. La bouteille a éclaté contre le trottoir. « En voilà une que ce cochon de Neil n'aura pas, a-t-elle dit, il épluchera les légumes, ça lui fera du bien. Ce soir, c'est moi qui fais la fête, et ce soir c'est moi qui suis saoule ! » Elle s'est tournée vers moi, m'a embrassé les cheveux. « Et toi aussi ma fille, tu es saoule. » Puis elle s'est mise à rire en m'embrassant et en me regardant, à rire mais à rire… On ne pouvait plus l'arrêter. La tête des gens dans le tram, quelle rigolade!

C'était la plus belle fête de ma vie, bien plus belle et plus drôle que celle de l'année dernière au collège!

*

Magda m'a expliqué que c'était provisoire, que d'accord, c'était encore les vacances, mais que je ne pouvais pas rester indéfiniment. Elle n'avait pas de nouvelles de ce Hum, mais je devais retourner à Ramsdale pour la rentrée des classes. Ce Hum serait sûrement là pour veiller sur moi. Neil et elle travaillaient trop dur et n'avaient pas assez d'argent ni de place pour moi. En plus, ma vie était ailleurs, à Ramsdale. Mes copains, mes copines.

« Je m'en moque de mes copains et de mes copines. Je les aime bien mais c'est pas ça…

— C'est quoi alors?

— Alors, alors j'ai dit que je n'aimais pas Hum.

— Pourquoi?

— Je ne l'aime pas c'est tout, c'est pas mon père et il veut tout le temps me commander comme s'il était mon père.

— Tu n'as plus de père ma pauvre chérie, dit Magda, alors c'est mieux que rien, même si tu ne l'aimes pas. Il prend soin de toi ? Tes affaires ? Les repas ? Il te donne même de l'argent de poche pour venir ici !

— Oui ! Mais il est…

— Il est quoi ?

— Il est… difficile.

— Il te bat ?

— Non…

— Tu sais ma fille, on n'est pas obligé d'aimer son père. Demande à Neil si son père était facile ! Une vraie teigne, je me souviens, mais il faisait vivre sa famille. Et puis c'est pas une raison, s'il veut commander c'est sûrement pour ton bien. On ne fait pas toujours ce qu'on veut dans la vie, tu vois. D'ailleurs je vois mal ma belle-sœur épouser un ivrogne, une brute ou un bourreau d'enfants. Je suis sûre qu'il ne sait même pas que tu es là.

— Si, il le sait. Il est d'accord.

— Eh bien tu vas lui écrire une lettre pour lui dire que tu vas bien, et que tu rentres bientôt pour reprendre le collège. »

Il y eut un silence. Neil me regardait toujours, en me souriant comme quand il rentrait saoul.

Et là, il l'était. C'était sa cinquième bière, sans compter celles qu'il avait bues au bar.

Elle dit encore : « C'est ça ou l'orphelinat.

Je me suis mise à pleurer.

— Oh ! non, Magda ! Tu ne vas pas m'envoyer à l'orphelinat ! Je travaillerai dur, j'apprendrai à repriser, je te promets.

Elle m'a pris la tête, mon visage mouillé, et m'a embrassée.

— On a besoin du salon, dit-elle, c'est tout petit ici, tu as vu, tu ne peux pas rester des années dans cette pièce. On n'a pas de chambre pour toi ma fille.

— Mais je n'ai pas besoin de chambre, tante Magda, oh je peux… Je peux dormir dans l'atelier de Neil, avec le lit de camp, il y a des tas de chiffons et des bâches pour m'allonger, ça sera très confortable. Je ne vous embêterai plus… »

J'ai cru que c'était fini, qu'elle allait me garder éternellement dans ses bras mais elle m'a serré encore plus fort et a dit : « Je suis obligée. – Obligée par quoi ? »

Elle a dit finalement : « Bon, on verra, on verra ça plus tard. » Puis elle a regardé son mari qui montait se coucher en tanguant comme s'il fuyait cette scène dont elle était la scénariste impitoyable. Ils n'avaient pas l'air d'accord.

J'ai crié : « Et toi Neil, tu ne veux pas non plus que je reste ? Que je brique la maison, que je trouve une école ? La journée je serai à l'école et puis la nuit dans ton atelier, je te promets de ne pas toucher à tes outils ni rien, je me ferai toute petite... »

Il s'est retourné, a grogné quelque chose d'inintelligible et j'ai vu les yeux de Magda qui revenaient à moi et retournaient exaspérés vers son mari qui montait les marches vers leur chambre. Ces derniers temps, Neil évitait de me regarder et quand je lui parlais, il tournait vers moi son visage aveugle.

Magda disait *on verra* mais elle ne voulait pas, c'était tout, et je ne comprenais pas pourquoi.

Cette nuit-là, Neil est encore venu dans le salon après avoir débouché et bu de nouvelles bouteilles de bière dans la cuisine, mais cette fois il s'est approché de mon lit et a dit à voix basse : « Moi, je voudrais que tu restes, tu sais. Tu le sais, n'est-ce pas ? Et Magda le sait aussi, que je t'aime bien. C'est pour ça qu'elle ne veut plus de toi, tu comprends ? »

Je n'ai pas répondu. Il a attendu, j'ai senti son souffle et l'alcool, puis il s'est sauvé. Là-haut, dans leur chambre, je l'ai entendu faire l'amour à Magda. Ça craquait, ça secouait le plancher, le lit frappait fort contre le mur. Elle ne disait rien, aucun gémissement, aucun son. Et le silence est revenu.

*Comme une enfant… il faut que tu aies l'air pour ces gens d'une enfant perdue frappée par un deuil insurmontable. Et non d'une jeune fille ingrate fuyant un beau-père attentionné.*

Aujourd'hui, je me recroqueville, me fais minuscule. Me recoiffe sagement, tire mes cheveux et les attache. Je n'ai pas dormi, mes traits sont tirés et je veux que ça se voie. Je suis une enfant fatiguée.

\*

La vitre baissée, j'ai agité la main hors de la voiture et souri pour dire au revoir à ces deux beaux salauds, puis Hum a démarré et nous avons remonté la Pacific Coast Highway vers Santa Monica et les canyons du Nord. J'étais heureuse d'être là et de leur avoir finalement montré que je n'avais pas besoin d'eux, que quelqu'un m'aimait bien plus que ces deux trous du cul et ferait n'importe quoi pour me récupérer et me garder près de lui. Ah! ils voulaient que j'écrive à Hum, ce gentil garçon qui s'occupait si bien de moi? Eh bien c'était fait, ou tout comme. J'ai fini par dire que je savais peut-être où trouver Hum et j'ai appelé à l'hôtel de Moro Bay. Il n'avait pas bougé. Ce fébrile-manipulateur, ce pédant-inquiet attendait de mes nouvelles comme s'il savait que je reviendrais, que j'étais *obligée* de revenir. *Comme s'il avait prédit ma défaite.*

Magda avait parlé dix minutes avec lui, fait des Oh!, des Ah!, et avait raccroché bouffie de colère: « Il va faire tout le trajet en voiture, rien que pour toi. Et dire que vous étiez en vacances sur la côte, sale petite menteuse.

— Pardon Magda, je ne voulais pas…

— Moro Bay! J'y suis même jamais allée! Tu peux lui dire merci, il ne veut pas que je te corrige mais tu vas filer dans ton coin et tu y resteras jusqu'au dîner. »

Alors lui, surgissant d'un bond le lendemain avec son sourire de loup, fonçant ventre et langue à terre comme dans les dessins animés, chez ces deux ahuris qui ne se doutent de rien; il n'a même pas fait semblant de me gronder pour ma fugue, seulement promis qu'il me punirait; lui buvant le thé de Magda, admirant sa maison, flatteur/suave & drôle & rendant service, ce bienfaiteur d'enfants & gardien de la mémoire de feu sa femme adorée. Se permettant même de me faire un clin d'œil & de se moquer d'eux sans qu'ils ne s'en rendent compte… Eux tellement serviles devant le professeur éduqué. Tout à l'heure, ce professeur éduqué me dira à l'oreille : « Oh ma Lo, ma petite Lolita, tu m'as terriblement manqué », en s'introduisant en moi. Je jure qu'à cet instant précis, je penserai à eux : voilà ce que vous m'avez fait ! Voilà où vous m'avez renvoyée, et ils seront bien punis, ces deux autres cons (le mien étant le premier Hahaha), puisque c'était ce qu'ils voulaient au fond, que je retrouve le *gentil garçon* qui s'occupait si bien de moi alors qu'il n'y était *même pas obligé*. Oh quelle ingrate, je devrais dire merci *et presto* : une tape sur la tête et les gros yeux de Magda. Et Hum, répétant mais non, mais non, ce n'est qu'une enfant trop gâtée, par ma faute, pardon.

*Oh, comme j'aurais pu les aimer ! Comme j'aurais pu être heureuse et comme je les hais !*

Mais je m'en fous désormais, je suis dans cette voiture, passagère puissante & importante & ce soir je veux un magnifique hôtel & des draps blancs & soyeux & une chambre immense où on peut se perdre, avec la radio & même la télé & j'aurai tout ça, je le jure devant ce Dieu qui ne m'aide jamais, mais ça aussi je m'en moque parce que je n'y crois plus, je crois aux sorcières comme Magda & aux monstres humains & encore un peu au beau prince ténébreux qui viendra m'enlever un de ces jours.

Sur la route, il a dit : *D'accord, deux chambres si tu veux ma chérie, une pour t'endormir et l'autre pour te réveiller.*

Ah, comme il est malin & spirituel, mon Hum ! Je suis tellement mieux avec lui.

\*

*Le rodéo a recommencé.* Plus frénétique qu'avant, plus rude aussi. J'avais l'échine d'un taureau furieux sous les fesses. Comme s'il craignait de me perdre à nouveau et que chaque soir était le dernier. Le rodéo a aussi recommencé sur les routes. Depuis deux semaines, la vieille voiture qui était devenue une poubelle pleine de paquets de chips, de bonbons collés et de miettes, s'est remise à sillonner le pays d'hôtel en hôtel, de musée en musée, et de patelin perdu en chemin de nulle part. Épuisant. *Park Plaza, Sunset Motel, Green Acres, U-Beam Cottage, Mac's Court...* je ne sais même plus où nous sommes. Au *Pine View Court* peut-être ? Il faut que je regarde la clef de ma chambre pour savoir. Ah oui, *Black Peak Hotel !* Au sommet d'une montagne plantée de chênes nains que la voiture a eu un mal fou à grimper. J'avais peur de ne jamais y arriver. Cet hôtel est le seul endroit civilisé à des dizaines de kilomètres à la ronde. Heureusement, la vue sur les sierras et les plateaux du Nevada est à couper le souffle. J'imagine qu'il y a des aigles, des cerfs et des biches dans les forêts alentour, je peux presque les entendre. Ou alors c'est la fatigue qui bourdonne dans mes oreilles. Le voyage nous a rincés, tondus. Ce soir, Hum est même monté se coucher sans me demander de le rejoindre ou dire qu'il viendrait me voir plus tard. Il dormait à table.

Nous avons visité des criques asséchées dans les déserts où les arbres ressemblent à des squelettes brûlés qui lèvent leurs bras maigres vers le ciel vide, nous avons longé des bords de lacs à l'eau si pure qu'on y voit nager des petits poissons à des kilomètres, nous avons grimpé des montagnes et des cols où on se sent moins que rien, et puis traversé des prairies boueuses où chaque brin d'herbe vous colle le bourdon et des forêts que la lumière du soleil transperce de toute part comme je ne sais quelle voix éclatée en milliers de rayons et dont les cordes vibrent de sublime musique céleste.

« Tu vois ça ma Lo, ces ombres mouchetées que font les grands frênes ? » Oui, bien sûr que je voyais tout ça, je ne suis pas totalement aveugle quand même. Mais il est vrai que Hum remarquait mieux que moi ces minuscules changements dans le paysage qui soudain font qu'une route banale devient merveilleuse ou au contraire, sinistre. Quand la tristesse nous prenait, on cherchait dans le guide un hôtel, un restaurant ou une librairie où se réfugier et la course s'arrêtait un instant, une journée ou une nuit.

« Aucune fille de ton âge n'en a vu autant », répétait Hum, quand je disais que j'allais vomir si je voyais une autre vache ou que j'avais envie de respirer, respirer l'eau si pure du lac Tahoe. *Et il avait raison, c'était une aventure magnifique, unique.*

Ce qui manquait à tout ça? Des êtres humains. Hum n'en voulait pas, ou le moins possible. J'insistais parfois pour qu'on prenne en auto-stop un vieux à la peau de parchemin qui s'accoudait sans un mot sur sa valise poussiéreuse, ou une bande d'ados aux cheveux gominés, l'air faussement dangereux, qui parlaient entre eux à toute vitesse et posaient trop de questions au goût de Hum, ou d'autres humains en transit.

Il y eut quand même de belles rencontres qui me changeaient de la conversation de Hum, ou plutôt de son monologue infini. Cet étudiant en droit de Boston par exemple, qui faisait le tour du pays avec ses jolis cheveux bouclés et sa manie de tout transformer en chansons (c'est tout ce dont je me souviens) et qui voulait *absolument* paraître gai et heureux. Il était ridicule, avait ensuite dit Hum, mais peut-être était-il *vraiment* heureux, heureux de dormir comme ça à la belle étoile et de chanter tout ce qu'il vivait. En tout cas, je l'aurais bien accompagné même s'il me saoulait parfois moi aussi avec ses improvisations à la noix. *Oh ma Lo Lo Lo-li-ta !/ En chemin, Hum, Hum et toi !*

Les humains, Hum les évitait le plus souvent, bonjour-bonsoir. Il m'achetait des livres qu'il choisissait en prétendant que les personnages étaient bien plus intéressants que la moindre personne qu'on croisait. Je n'étais pas d'accord (au moins pour ma copine Jessy, très intéressante, qui faisait des dessins dingues et s'habillait tout en jaune), mais comme je n'avais pas vraiment d'arguments, et que je ne connaissais personne d'aussi exceptionnel qu'Anna Karenine disait-il (même si ce n'était pas son héroïne favorite), et qu'en plus je n'avais rien d'autre à faire, je me suis mise à lire. Lire ses romans favoris à lui.

Pourtant, j'ai soif d'êtres humains ! C'est ce que j'ai dit hier à Hum. Je ne l'ai pas dit comme ça, bien sûr. Plutôt: « Je voudrais rencontrer d'autres gens, tu sais? Avoir des amies, des copines. Et savoir où on va. » Il m'a répondu avec son petit sourire en coin: « On va à l'école, voir tes futures copines. » Je me suis serrée contre lui, *Oh, je t'aime fort! Quel bonheur! Où ça, quand ça?... C'est une surprise, tu verras.* Quelle merveilleuse surprise! Merci mon Hummy! Mille fois merci. *Oui, je serai sage.*

*Je t'aime et je te déteste.*

II

## STAN
## (SEPTEMBRE 1948 - AVRIL 1949)

Ce matin, deuxième jour d'école. Cette course vers nulle part a pris fin. Tous ces lits à punaises, ces chambres anonymes comme des bouches béantes. Il m'a inscrite ici, je ne sais pourquoi, et nous sommes installés dans une maison du campus qui appartient à un professeur de chimie. J'ai enfin ma chambre, juste à côté de la sienne. Le plus drôle, c'est quand je l'ai vu embobiner la directrice et les professeurs : « Ma fille a besoin d'une école comme la vôtre, besoin de stabilité et d'un enseignement chrétien, d'une vie de famille... Ah vous avez raison, pas facile d'élever seul une enfant pour un père... sa pauvre mère... un choc... (silence)... Enfin, cette petite Dolores a besoin d'être entourée... »

C'est fou comme il charme les gens. Tout le monde l'adore. Comme avant, quand il est arrivé à Ramsdale.

Puis il a signé les papiers (« non, je suis son beau-père, mais je l'aime et je prends soin d'elle comme si elle était ma fille »), et la principale a interrompu le cours d'anglais dans une classe pour me présenter après une petite visite du collège. Le prof m'a désigné un pupitre et je me suis assise à côté d'une fille qui s'appelle Kitty, « comme Ava Gardner dans *The Killers*[7] » a-t-elle dit avant de ne plus m'adresser la parole. Sauf qu'elle est blonde-rousse, les cheveux frisés, et n'a rien d'Ava Gardner. Et encore moins d'Ava Gardner dans *The Killers* que j'ai vu l'année dernière avec maman. C'est bien un truc de bêcheuse, ça, de se présenter comme si elle était un joyau d'Hollywood égaré à Beardsley, Pennsylvanie. Et puis je déteste les gens qui se comparent aux autres ou qui comparent les autres à d'autres et ainsi de suite comme si la vie était une cour de récréation. Aucune fierté, aucune assurance. Ils ne sont jamais là où ils sont, jamais eux-mêmes. Toujours en train d'envier, de médire et de se faire mal. Hum, par exemple,

---

7. *Les Tueurs*, de Robert Siodmak, 1946.

n'arrête pas de se comparer, de juger, et il en conclut inévitablement que les gens sont des ploucs. Ça me débecte quand il est comme ça et je me demande quelle image il a de moi parfois, moi la pauvre fille, tellement banale & inculte, tellement indigente & sauvée de la médiocrité par le grandiose & sombre Hummy, arbitre des élégances & empereur du bon goût ! Je ne sais pas pourquoi il me porte aux nues. Oh oui, pourquoi ce petit couple secret en slips et chaussettes chez eux, où je peux, si je veux, le faire marcher à quatre pattes en imitant un âne ? Quelle dinguerie !

Sur mon premier cahier, ce poème de Walt Whitman, recopié pendant le cours de littérature où Kitty me snobait, et qui me fait penser à ma fugue chez Magda à Los Angeles :

*Bravo à ceux qui ont échoué !*
*À ceux dont les vaisseaux ont sombré dans la mer !*
*À ceux qui, dans la mer, se sont eux-mêmes noyés !*

On aurait dit que ce cours était pour moi, je ne pouvais pas mieux tomber. Au-dessous, j'ai écrit : *merci Walt !* Oui, *les batailles se perdent comme elles se gagnent, du même cœur.* J'aurai tenté, au moins. Et la prochaine fois je réussirai, je serai moins bête.

Ça n'a pas l'air très strict ce collège, mais tout le monde est en uniforme. Il faudra que Hum m'en fasse couper un en ville pour la semaine prochaine. Les garçons sont au rez-de-chaussée et nous à l'étage mais tout le monde se retrouve à la récréation et à la cantine.

J'ai beau dire, j'ai quand même eu peur le premier jour. Mais ce matin, en prenant mes nouveaux cahiers et en marchant dans les feuilles mortes jusqu'au collège, j'étais heureuse. Je suis même tellement contente que j'ai peur de sourire bêtement, comme une de ces actrices dans *Screen World*, et qu'on me prenne pour une idiote. J'ai décidé de fermer la bouche, décidé que mes lèvres devaient se toucher, et de prendre mon regard de fille pas commode.

Il y a un garçon pas mal dans la classe des grands. J'ai entendu Kitty et ses copines en parler, il s'appelle Stan et devinez quoi? Stan m'a *parlé* à la sortie. Je l'ai croisé par hasard. Enfin, *parlé*, juste « salut », et il est monté sur son vélo puis a disparu.

En revanche, les filles de ma classe ont l'air un peu bécasses, elles parlent, elles parlent, et elles pouffent dès qu'un garçon les regarde mais elles ne connaissent rien à rien. Elles n'ont même jamais embrassé personne pour la plupart. Depuis ce matin, je fais comme elles pour ne pas rester seule. Si elles savaient ! *Oh, si ça se voyait ? Mais non, je suis folle. Folle et si heureuse, si heureuse d'être enfin avec des gens de mon âge !* J'ai du mal à être moi-même, mais ce n'est pas grave.

\*

Salut ! Il m'a encore dit « salut », puis m'a parlé cinq minutes avant de rejoindre ses copains. Il voulait savoir d'où je venais. J'ai dit de Los Angeles, ce qui est en partie vrai. On a parlé cinéma et j'ai raconté que j'avais croisé Lana Turner dans une fête avec ma tante qui était habilleuse à la MGM. Non, je n'ai pas parlé à Lana, je suis trop timide, mais je lui ai serré la main quand ma tante m'a présentée. Il a fait *waouhhh* et a ouvert tout grand ses beaux yeux. Ils sont bleus. Je crois qu'il m'aime bien. Et moi, je me déteste de mentir comme ça. Je ne sais pas pourquoi je mens, je ne mentais pas avant. J'ai même vu les images dans ma tête, je veux dire celles de Lana Turner qui me serrait la main au milieu des papiers dorés de la fête des Polacks puisque c'est la seule fête à laquelle je sois allée. Sur le moment, j'y croyais tellement que je la voyais distinctement. Elle portait une robe blanche avec un fin lacet qui s'attachait au cou.

Puis, il a pris ses livres, et il est parti. Sans doute raconter à ses copains que j'étais une mythomane ou quelque chose dans le genre parce qu'ils se sont retournés et ont ri bêtement entre eux. Ou peut-être pas, peut-être que c'était de l'admiration ou alors ils enviaient leur copain. Enfin, je suis nouvelle et il faut bien que je me fasse une place. Même à coups de mensonges. *Oh, je voudrais tellement qu'ils m'aiment!*

Pour les filles, c'est plus difficile. Tout à l'heure, quand je me suis approchée du groupe où était Kitty dans la cour de récréation, elles se sont toutes tues en même temps et ont changé de conversation sans même se donner la peine de le cacher « et toi, tu as fini ta rédac pour madame Holland ? Oh, non, je n'y arrive pas… ». Je pense qu'elles parlaient d'une surprise-partie que prépare Mabel, une des filles de la section B, que je ne connais pas. Elles sont jalouses, je pense, mais je ne vois pas de quoi. Peut-être de l'intérêt que je suscite chez ce garçon, Stan.

Stan, Stanislas. J'aime bien ce prénom.

Je regrette de ne pas vraiment avoir de copines et je m'en moque, je me suis même inscrite au cours de théâtre. Quand j'ai dit à madame Humboldt que j'avais lu *Les Trois Sœurs*, elle m'a jaugé de bas en haut et a ri d'un petit rire précieux et moqueur, *oh oh oh, Les Trois Sœurs, hein ?* « Si, je vous jure, même que j'aimerais jouer le rôle d'Irina. – Irina, ah oui ? Et pourquoi Irina ? – Parce que c'est la plus insouciante, et gaie, et qu'elle découvre à la fin la dureté du monde et se sacrifie et travaille et… » En vérité, je n'ai pas lu *Les Trois Sœurs*. C'est Hummy qui m'a fait écouter une représentation à la radio, un soir, dans un de nos hôtels. Ça m'avait d'abord ennuyée, puis fascinée. J'étais sûre que je ferais une formidable Irina. À San Francisco, après avoir visité la Mission Dolores (« un bon titre pour un livre », avait dit Hum), il m'avait acheté le texte de la pièce, que je n'avais jamais lu. « *Bon, bon, on verra*, a dit madame Humboldt. En attendant nous montons *The Rose of the Farm* pour Noël. Si tu veux et si tu es douée, tu es la bienvenue. Bien sûr le rôle de Rose est déjà pris, mais il reste encore quelques rôles, c'est une pièce chorale qui célèbre, disons, la grâce divine, le dur travail et la bonté des gens humbles… – Oh, madame, même un petit rôle !

Ce n'est pas grave! – Oui, un petit rôle, alors à samedi prochain, je vous attends. »

*J'étais tellement contente!*

Oui, le théâtre! Je sais que dans un décor je vais enfin pouvoir être moi-même, et puis mentir en toute impunité, en toute franchise. Prétendre que je suis une autre, vivre d'autres vies cachées, des doubles, des triples, des quadruples vies. Brûler vive sur les planches, maquillée, coiffée, costumée. Pour de vrai et pour de faux. *Et ils m'aimeront.*

\*

Je sais que je suis commune, comme si j'avais sur moi un vieux manteau légué par une lignée d'ancêtres aussi communs que moi. Je suis banale et l'Amérique est pleine de filles comme moi, Hum me le dit parfois quand il se fâche et veut me blesser. Mais pour le théâtre, pour me maquiller & séduire & plaire & duper, je suis douée, je le sais & je vais travailler dur & lire & étudier. Je vais m'appliquer, recommencer cent fois, mille s'il le faut. C'est difficile d'arracher ce vieux manteau, mais j'y arriverai: Hum m'a montré la voie, si je peux dire! C'est ce que je pense en tout cas:

*Tu es commune, mais ton destin ne l'est pas.*

\*

La première neige est tombée. Tout est pur, vierge. En allant à l'école, j'ai marché dans l'air glacé et mes pas dans le tapis de neige semblaient ouvrir un chemin que personne jamais n'avait emprunté. Cette sensation de liberté, de légèreté. J'aurais pu m'envoler. J'ai passé toute la journée dans un état second, à regarder par la fenêtre de la classe la neige briller au soleil. Au loin, des flaques bleues. Je me sentais toute neuve.

En rentrant, je me suis installée sur le fauteuil rouge pour réviser. J'oublie à chaque fois. Et comme à chaque fois, je l'ai vu arriver à quatre pattes en imitant un gros chien ou un animal, pour fourrer son groin sous ma jupe à carreaux. J'ai crié : « Oh non, pas encore... » Mais il a insisté, m'a caressé les cuisses, je me suis débattue mais il m'a immobilisée et les a ouvertes en disant toujours la même chose : « *Hmmmmm*, mais ça sent la petite fille négligée, ici... Allez, laisse papa nettoyer tout ça, tu sais bien qu'il faut que ça soit propre... » Puis il a écarté ma culotte, a collé sa bouche et commencé à me lécher. J'ai dit : « Oh et puis vas-y si tu veux » et je l'ai laissé faire. Tant que je ne vois pas sa tête toute rouge... Je me suis cachée derrière mon cahier en essayant de lire. Mais l'histoire des guerres de religion m'a échappé. Au bout d'un moment je lui ai joui dans la bouche. Sans un soupir. Sans qu'il le sache. Lui, il a éjaculé sur le parquet au pied du fauteuil et j'ai dû enjamber cette dégueulasserie pour monter dans la salle de bains et me laver de toute cette bave. Mon sexe a des poils maintenant, de jolis poils sombres tout bouclés qui n'ont connu que ça : sa vieille salive et son sperme.

Je hais cette maison, cette école. C'est une prison encerclée par la neige. J'ai l'impression que tous les habitants de ce campus sont des comédiens, tous complices pour qu'il puisse me consommer tranquillement encore et encore. C'est bête... J'étais si *heureuse* ce matin. *Je me sentais toute neuve.*

*

*Le faux rêve érotique.* Tout est bientôt en place. Ça pendra du temps mais il va payer. Ils vont tous payer. Ça m'est venu comme ça, il y a trois semaines.

On était au lit et je lui tapotais le ventre. Ça rebondissait, ça faisait des vagues. J'ai dit, c'est

ta graisse… Tu es gros, tu ne fais pas attention.
La tête qu'il a fait! Puis il a éteint la lumière et
a voulu me caresser. J'ai dit non, tu es trop gros.
Tu m'étouffes.

Mais il est resté là.

Au lieu de dormir, je ne sais pas ce qui m'a
pris, j'ai commencé à me masturber. À faire semblant. En gémissant légèrement, comme perdue en moi, en faisant bouger le lit. À chaque
fois qu'il se rapprochait, qu'il tentait de poser
la main sur moi, je criais Non! Non! De plus
en plus fort. Puis je reprenais mon manège, ser-
rant et desserrant les jambes, soulevant les reins
par à-coups, le corps tendu… je mimais le plaisir, respirais fort, et je sentais la folie et la frus-
tration qui montaient en lui. Il suppliait et je
disais laisse-moi, tu me coupes mes images…
Il me demandait quelles images et je lui décri-
vais en essayant de trouver ce qui l'exciterait le
plus, ce pauvre vieux: « Je suis dans une cabine
de bains à la piscine de l'hôtel… Un hôtel où on
est passés. Je n'ai pas fermé et je tourne le dos
à la porte: je sais qu'un homme va venir… un
de ceux qui étaient là au bord de la piscine et
qui regardaient mes cuisses pendant que je bron-
zais. Je faisais exprès de me tenir mal pour qu'ils
voient ma culotte… puis je les fixais, quelques

secondes… ils étaient avec leurs femmes, mais c'était moi qu'ils voulaient. »

… Hum soufflait près de moi, et je continuais : « J'entends l'homme maintenant, il ouvre la porte, je ne vois pas son visage, je ne le sens pas encore mais je sais qu'il est dur, qu'il brûle, qu'il me désire… sa grande main remonte à l'intérieur de mes cuisses, soulève ma robe, j'ai peur, ma culotte est trempée, mon petit bouton est dur, il le sent, il me colle contre le mur et écarte mes fesses, ses mains les prennent entièrement, comme deux petites boules de pain frais, et les malaxent, ses doigts dérapent dans mon sexe, juste au bord, ils sont mouillés, ça coule, ça déborde, j'ai très peur et j'ai très envie en même temps, il le sait et prend son temps pour déboutonner sa braguette, puis attrape une de mes mains pour extirper sa bite énorme, je la sens maintenant collée contre le bas de mon dos, il se baisse, elle descend avec lui, il écarte encore plus mes fesses… »

Mais…

*Que fais-tu Dolores ? Je suis le diable, je rends ce pauvre Hum fou d'affreuse impuissance.* Sa queue est folle et je veux qu'il en meure, que son sperme l'étouffe comme le vomi d'un alcoolique. Ou qu'il me tue et qu'on en finisse. *Oh oui, je suis le diable moi aussi !*

À côté de moi, Hum respirait de plus en plus fort, se tendait, avançait une main que je frappais : « Ce n'est pas à toi que je pense, bas les pattes »... Et je recommençais l'histoire : « Je sens son gland s'avancer doucement entre mes cuisses et je branle mon bouton tout gonflé, la sueur me coule dans le dos, sous les bras... »

C'était bon, incroyablement jouissif. Hum était mon prisonnier et j'étais l'araignée. Je le dévorais de l'intérieur et il mourait vivant. Je me cambrais encore, plus fort, tout mon corps bougeait, chaque mouvement partait de mon sexe. Soudain il a tiré le drap et s'est jeté sur moi si précipitamment qu'en basculant je l'ai fait rouler et tomber par terre. J'ai hurlé, saisi la lampe de chevet en forme de chandelle et j'ai balancé mon bras à l'aveugle dans la nuit, là où il était. Il a pris la lampe en plein visage et s'est mis à pleurer. Quand j'ai allumé l'autre lampe, il était par terre, à genoux près du lit comme un enfant. Il me demandait pardon, pardon, et de la morve sortait de son nez et se mêlait à ses larmes. C'était pathétique, ce gros corps blanc et poilu secoué de hoquets et j'ai eu pitié de lui. Je lui ai tendu un mouchoir et le diable est parti d'un seul coup, s'est envolé. Mais j'étais heureuse qu'il soit venu. Il reviendra, je le sais.

Pendant une semaine il a eu l'arcade sourcilière violette et enflée, obligé de dire qu'il avait glissé dans notre si jolie salle de bains. Depuis cette nuit-là je le tiens, je le mène. Il peut faire et dire ce qu'il veut, je serre toujours plus fort son pauvre crâne entre mes jambes de fer et il devient fou, il implore, et ça me fait jouir de l'entendre me supplier. Je t'ai à mon tour pénétré Hummy, je suis le maître de treize ans que tu n'attendais pas, vêtu d'une simple culotte et d'un tee-shirt blanc qui moule ma juvénile poitrine, un harpon de souffrance dont les barbes sont fichées au plus profond de toi, je suis ta ruine et ta mort. *Et mon pouvoir est si grand qu'il m'effraie.*

*

Hier, Stan m'a enfin présenté ses copains. Il y en a un, Dun (Duncan, en fait) qui a l'air un peu sauvage, un peu sale aussi. Il n'a pas dit grand-chose contrairement aux autres qui parlent et rient sans cesse comme s'ils avaient peur du vide. En me raccompagnant, Stan m'a dit que Dun habitait dans un entrepôt à quelques kilomètres de Beardsley, carrément dans les bois. Dans une scierie que tient son père ou un truc comme ça, et que ça fait un peu peur d'aller là-bas. Pas seulement parce que c'est dans la forêt mais aussi parce qu'il y a plein de masques africains. Des masques en bois avec des gros yeux en colère qui foutent la trouille. Son père, c'est un type bizarre qui a pas mal voyagé avant de s'installer ici sans femme, juste avec son fils, d'ailleurs on ne sait pas qui est la mère de Dun, on ne l'a jamais vue, et presque personne ne parle à ce bonhomme, ici à Beardsley. Il livre son bois et c'est tout. J'ai dit que je n'aimerais pas y aller, que ça me ferait peur. Stan dit aussi que Dun connaît par cœur le nom de tous les animaux et de tous les arbres et qu'il saurait retrouver son chemin dans la nuit noire. Il connaît des coins secrets où il va depuis qu'il est en âge de courir. C'est le mec le plus étrange et le plus sensas' que je connaisse, dit Stan ; son copain depuis qu'ils ont six ans et qu'ils se sont installés ici, à peu près à la même époque, au début de la guerre.

Stan a des yeux bleu liquide et Dun a des yeux noirs qui ont l'air de sourire tout le temps. Quand ils ont parlé du barbecue de dimanche, Dun a seulement dit qu'il s'occuperait du bois mais pas de l'alcool. Normal, son père boit, dit Stan. En tout cas, il a l'air d'en savoir bien plus long sur les choses et les êtres que toute cette bande de culs-terreux. Je n'inclus pas Stan qui est un chouette type et vient de la banlieue de Pittsburgh. J'en apprends beaucoup avec eux, sur la ville et sur la cruauté. Le surnom des gens par exemple. Il y a cette fille, Katherine, qu'on appelle Hibou parce qu'elle a les yeux globuleux et un nez pointu et qui se fait tout le temps embêter : « Hibou, Hibou ! » Les grandes sections font même « Ouh, Oooouh ! » dans son dos quand elle passe ! Et la pauvre Lucinda que tout le monde surnomme Mamelles depuis que ses seins ont démesurément grossi. Il y a aussi Méduse ou Mouche-à-merde dont ils se moquent parce qu'il suit le courant en collant les autres et en répétant « oui, oui ». J'ai dit à Stan que, dans ce cas, je connaissais beaucoup de mouches à merde et on a ri mais j'ai eu honte.

Cruauté des enfants, des adolescents. Pas de cadeaux, la petite ville où on sait tout sur tout le monde. *Faire attention, ne pas devenir un jour une putain parce que je fréquente les garçons ou que j'habite avec Hummy.*

J'ai prétendu que je savais *parfaitement* faire un feu de camp (ce qui est aussi *parfaitement* faux), mais rien à faire ne suis pas invitée au barbecue : c'est entre garçons. Ce sont mes premiers amis ici et je suis tellement contente que j'ai eu du mal à le cacher à Hum en rentrant. Je sais qu'il n'aimerait pas que mes copines soient des copains. Je le sais comme ça, d'instinct. Alors à la maison je ne parle que des filles quand il m'interroge sur ma journée de classe. Mais ici, dans ma chambre, je pense à Stan et à Dun, qui sont si gentils avec moi. Je pense à la pièce de théâtre qu'on va jouer ensemble et j'ai hâte qu'on commence à répéter. Je crois qu'ils m'aiment bien, même si je suis une fille. Ou peut-être parce que je suis une fille et que je leur ressemble un peu. Oh, parfois j'aimerais tant être un garçon! Je partirais de mon corps quand il dort, et j'irais où je veux. Où? Je ne sais pas, moi... dans un endroit où je serais *libre*.

*

Tout à l'heure, dans la cuisine, Hum a encore dit « ton idiote de mère », avec un petit sourire complice. J'ai répondu par le même petit sourire, et maintenant je m'en veux. Comme je suis injuste! Ce salaud croit me plaire parce que je me disputais souvent avec elle. C'est vrai que parfois je la détestais, mais ma mère était loin d'être une idiote. Bien sûr, elle ne lisait pas Gogol ni Dostoïevski, ne savait même pas que la relativité générale existait, elle écoutait Beethoven ou

Gershwin sans ressentir d'émotion profonde, juste parce que ça faisait chic. Bien sûr, elle avait des goûts communs, des robes et des chaussures communes, une conversation volée dans des journaux cultivés auxquels elle ne comprenait pas grand-chose.

Non, ma mère ne connaissait ni les noms des arbres, ni ceux des papillons, des insectes, des animaux exotiques ou des minéraux et elle admirait des chanteurs ou des écrivains sans talent. Bien sûr, bien sûr… Mais elle avait cet élan d'aller vers le beau, le grand, le profond, sans en avoir les moyens, sans que jamais personne ne lui en ait donné la clé, comme Hum tente de le faire avec moi. Elle passait ses robes idiotes parce qu'elle voulait plaire et être aimée, elle écoutait un concerto parce qu'elle espérait en éprouver la beauté, elle était émue par des chanteurs et des écrivains populaires parce que son cœur était simple et pur, et elle lisait les articles du *Times* ou du *Post* parce qu'elle voulait comprendre le monde et qu'elle voulait en faire partie, elle aussi.

Tu n'as jamais songé qu'elle pouvait être sincère, n'est-ce pas Hum ? Tu n'as jamais pensé qu'elle était tout simplement un être humain ? Un être humain en quête de savoir, de beauté et d'amour. Apparemment, jamais. Pour moi elle l'était, malgré tous ses défauts. Ou plutôt, à cause de ses défauts. Ah oui, c'est vrai, j'oubliais : toi tu es sans défauts ! Le parfait bon goût… inhumain, quoi !

Et surtout, elle aimait son jardin, passionnément, plus que moi peut-être. Ce jardin dans lequel tu m'as vue pour la première fois, Hum, tu te souviens ? Tu m'as parlé mille fois de cette vision que tu as eue de moi, avec mon foulard noir à pois noué autour de ma poitrine et mes lunettes de soleil. Mais ce jardin tu ne l'as pas vu. Jamais. Tu aurais dû, on n'en serait peut-être pas là. Maman coupait, taillait, avait un sens inné des couleurs et des volumes, des parfums et des matières : ici, ça pique, là, les feuilles sont douces et tendres. Ici l'ombre, là, la lumière. Ici l'eau et le ruissellement, là, la terre aride et le soleil de midi. Elle taillait avec mille précautions son seul rosier comme s'il était l'être le plus précieux. Ce que tu ne sais pas, c'est que ce jardin était pour elle et moi un éden, le lieu de nos conversations et de nos câlins les soirs d'été, quand j'étais enfant (après, les câlins ont disparu). Toute petite, il était ma vaste forêt, un monde plein de recoins extraordinaires où je me cachais quand on jouait ensemble maman et moi, et où je passais des après-midi entiers avec ma poupée, ma dînette et mes invités imaginaires. Il a aussi abrité mes anniversaires et mes batailles de boules de neige avec mes amies, l'hiver, quand il se reposait de ses fleurs.

*Une partie du passé meurt avec les gens qu'on aime. Celle qu'on n'a pas éclairée, questionnée.* Je ne saurai jamais si elle avait aimé mon père, si elle m'avait désirée ou si j'étais un accident, si elle avait aimé cet homme qui aujourd'hui me retient. Et quel était son plus beau souvenir, le plus beau jour de sa vie.

Oui, Hum, maman n'était peut-être pas très savante, mais tu n'as rien vu de toute cette beauté, de cet humble coin d'humanité. Tu nous as chassées de ce paradis, et maintenant je suis ici, avec toi, sur cette scène pleine de pièges et de tentations. Le lieu du péché, le monde terrestre. Je suis là, pendante comme ma poupée, sans répliques autres que celles que tu me dictes, sans scénario autre que le tien et qui paraît bien maigre : *me posséder comme un démon.* Oui, je suis ici dans ce nid infernal, sans vision d'avenir. Et, comme ma mère, *sans amour véritable.*

Oh, je trouverai ! Je le jure, je trouverai un moyen de te terrasser.

*

J'ai vu le sperme et la jouissance des hommes.
Dans la rue tout à l'heure avec Hum, juste
devant le drugstore. C'était dimanche, ils se
promenaient avec leurs femmes et j'étais l'une
d'elles. Je les ai regardés dans leurs costumes du
dimanche, propres, rasés, parfumés, et j'ai soudain vu leur sperme fuyant en continu de leurs
pantalons, suintant derrière eux comme la bave
que traînent les limaces, et donnant naissance aux
enfants qui les suivaient. J'ai vu ces litres, ces millions de litres de sperme, formant en continu des
ruisseaux, des fleuves et un océan gigantesque.
Une pleine mer de sperme qui n'appartient à
personne, à aucun de ces hommes, et qui est la
loi des grands singes, leur violence première et
l'aliment de leur folie. Elle est là, invisible, tout
autour de nous, elle balade sa tempête dans les
rues sans dire son nom. Et chaque homme est le
dépositaire, dans ce qui pend entre ses jambes,
d'un peu de cette mer qui engloutit les femmes.

*

Un après-midi d'hiver, limpide. Volé au
temps, volé à Hum. Des gâteaux secs, un thé

pour faire comme les adultes. La vie devant soi, à l'infini. Nous sommes allongés sur un long canapé dans la grande maison de tes parents et je t'écoute parler. Je suis d'accord, je dis *oui, oui* comme Méduse. Tu aimes le théâtre, les animaux, tu veux partir vivre loin d'ici. Je dis : « Alors, près d'une grande ville. » Nous nous décidons pour un canyon, Laurel Canyon, à Los Angeles, ou sur la rive de l'Hudson dans le New Jersey, à un pont de New York. Oui, tout près, pour tout avoir, tout ressentir en même temps, le hurlement des coyotes et le bruit de la foule dans le hall des théâtres, les aigles qui tournent le soir au-dessus de nos têtes et le corps ému des acteurs sur scène.

Le thé fumait encore par le bec de cygne de la théière.

« J'aime que tu sois passionnée, a dit Stan, ça t'éclaire. Partons quand tu veux, j'ai dix-sept ans et demi, bientôt dix-huit. Ça peut paraître un peu bête, mais rien ne m'arrêtera si je suis avec toi. »

Il était si beau, calme et résolu. J'ai dit : « Ce qui est important, ce n'est pas cette lumière qui est en nous, c'est cette lumière qui s'échappe de nous. Et de toi, la lumière s'échappe, s'échappe ! »

Il a souri, a suivi d'un ongle le contour de mon menton comme s'il voulait le dessiner, et a dit : « Toi aussi, tu es lumineuse. »

J'ai réfléchi un instant puis j'ai répondu : « Oh non, je ne trouve pas ! En moi, la lumière a été si longtemps contenue, elle a si longuement combattu la nuit, que je ne sais pas si elle reparaîtra un jour, tu comprends ?

— Oui, alors il faut que je te frotte, que je te ranime, comme la lampe d'Aladin… et là, hop ! Dolores ! Mais tu as tort, elle est là, je peux la voir cette lumière. Ici même. Dans tes yeux, sur ta peau, sur tes lèvres… »

Il a approché son visage, ses mains, alors je me suis mise à pleurer et j'ai murmuré : « Aide-moi, Stan, aide-moi.

— Qu'est-ce que tu dis ? »

Rien. Je ne disais rien.

Dehors, des nuages lents et bas. Un ciel très proche de la terre. Il avait commencé à neiger et nous sommes sortis dans le jardin pour glisser dans la neige et attraper les flocons. L'un d'eux a hésité dans le ciel gris, puis s'est posé sur ma paume : *non, ne me touche pas,* a dit le flocon ! Mais j'ai refermé ma main et il n'a vécu qu'un instant, aussi fragile que moi. Une simple tache d'eau dissipée dans le gris du monde.

J'ai dit à Stan : « Je suis trop jeune. »

Il a répondu : « On s'en fout. »

Et on s'est bombardés de boules de neige en riant.

\*

*Dictionnaire.* Encore ce soir, emmitouflée dans de grosses laines, des listes de mots inconnus que je recopie dans ce cahier. J'arrête quand je ne comprends plus. *Abasourdi, abdiquer, abject, aberration, badiner, bacchanale, pal, salace, salaisons…* cherchez l'intrus, *ahahah !* Je les recopie pour être aussi intelligente que lui, pour parler aussi bien que lui, avec la même aisance *(adresse, agilité, virtuosité, brio…)*, pour qu'il m'aime & m'adore & me chérisse… *mon amour.*

Je regarde par la fenêtre les étoiles qui clignotent dans le ciel d'hiver, elles ont froid, mais ce sont les mêmes que les tiennes. Je ne sais pas encore comment te le dire mais je suis tellement contente d'aimer quelqu'un, enfin ! Et que ce soit *toi !*

*Stan*
je t'aime, je t'aime, je t'aime, je t'aime
je t'aime, je t'aime, je t'aime
je t'aime, je t'aime
je t'aime

*(Je ne trouve pas d'autre mot!)*

\*

Fourchette à gauche, couteau à droite, les verres à vin, à eau… et madame Windmuller qui n'arrête pas de nous reprendre. Dans son cours, toutes les filles sont terrorisées. Ce n'est jamais assez soigné. La semaine dernière, je me suis piquée avec l'aiguille en reprisant. Le sang coulait, j'ai taché le tissu. Elle a crié, je ne serais jamais qu'une propre-à-rien, je ne trouverais jamais de mari, et elle m'a envoyée à l'infirmerie. Je la déteste, connasse. Les autres filles s'en sortent mieux que moi, je ne sais pas pourquoi. Ou plutôt, je sais. Je n'arrive pas à prendre ces cours de « maintien » au sérieux. On nous forme au métier de femme au foyer, un genre d'élevage d'animaux. Animaux de compagnie, de trait, de bât, de sexe… des animaux reproducteurs, ménagers, ratons laveurs, récureurs, suceurs. Et il faut en plus faire des efforts pour plaire et être impeccables et polies et désirables et quoi encore? L'autre jour, Windmuller... elle doit bien avoir trente-cinq, quarante ans mais je me demande ce qu'elle a vécu, avec sa peau terreuse, ses yeux sans voix, oui, Windmuller a passé une heure à nous expliquer qu'une bonne épouse et maîtresse de maison ne devait pas parler de choses sérieuses: pas de politique, de sujets sociaux ou raciaux, même pas de travail à part pour demander si ça s'est bien passé aujourd'hui et écouter... et quand il y a des invités, ne pas se mêler des conversations des hommes mais demander si quelqu'un veut encore des spaghettis. J'ai dit: « Et s'il n'y a plus de spaghettis, on dit quoi? » Elle a bien vu mon petit air insolent et m'a fait écrire dix fois, dans l'ordre: parler des enfants, de la maison, des loisirs, de nourriture, de vêtements, de cinéma (oui, oui, à la limite)...

On nous dresse à dire oui. Oui dans la cuisine, oui au salon, oui au lit. Avec le ton adapté: oui, oui chéri, *ohhhhh oui!* Oui à l'homme qui sera notre mari, seul et unique jusqu'à la mort, dès qu'on lui aura prononcé le premier oui à l'église. Est-ce que je veux être ça? Une jument qu'on engrosse, une poule pondeuse, une vache qu'on trait, tout en même temps? C'est ça qui m'attend quand je serai grande ? C'est ça mon avenir de rêve quand je serai débarrassée de Hum ? Non. Je les regarde, toutes ces filles et même cette garce de Windmuller, et je les entends pouffer, parler naïvement ou mystérieusement des hommes, de leurs *caleçons* à repriser (« Ne riez pas les filles, ça suffit ! Oui, vos maris auront des *caleçons*, je ne vois pas ce qu'il y a de drôle là-dedans ! »), du premier baiser, de la première fois… Je les entends toutes parler de sexe sans en parler et je ne suis déjà plus là, je suis bien au-delà. Avec nulle part où aller et nul avenir rêvé. À moins que je n'arrive à m'échapper avec Stan. Oh, ça sera autrement avec lui ! Il est si intelligent, sensible, et *je pense qu'il m'aime !* Mais comment ferons-nous ? Sans argent, sans rien ?

\*

Je regarde toutes ces maisons alignées dans notre rue, leurs fenêtres illuminées pour le dîner, leurs petits toits, leurs petits jardins et leurs petites barrières en bois, et je les trouve absurdes. Comment peut-on vivre là-dedans ? Quel fou a inventé ça ? Ce n'est pas seulement leur alignement sans vie qui me frappe mais les maisons elles-mêmes. J'imagine le fatras qui les encombre : assiettes dans les placards, et lampes, chaises, tables et nappes pour la table, tapis, et plus loin lunettes de chiottes, papier hygiénique, eau de Javel, et puis couvre-lits, portes, tiroirs, godemichés cachés, lavabos, pots de crème, linge sale, fers à friser… Et des photos qu'on ne regarde plus, des albums, des livres, des boutons de culotte, des pinces à crabe jamais utilisées, cet immense bordel reproduit à des millions d'exemplaires sur tout le continent, fabriqué par des gens qui ont eux-mêmes des objets semblables et vivent dans des maisons identiques reliées par des routes, des rails, des bus, des métros, tout ça juste pour continuer à fonctionner, travailler, dormir, manger et se reproduire sans savoir où ils vont ni à quoi sert tout ça, comme un troupeau de chèvres hallucinées… Tous broutant, mâchant, rentrant en paquets à la bergerie…

Ça m'hallucine, cette activité frénétique, toutes ces minuscules prisons où on dîne en ce moment, pleines de misérables secrets qui n'en sont pas puisque tout le monde fait la même chose, pisse, baise, mastique, bat ses enfants, perd des poils et des cheveux, contemple ses fesses dans le miroir, puis se maquille et s'habille pour sortir quelques heures, impeccablement repassé et figé le temps de quelques sourires, d'une journée de travail ou d'un déjeuner entre filles, pour finalement retourner péter et mastiquer chaque soir dans ce nid puant en ayant fait tout le jour comme si de rien n'était.

*Tous ces éventreurs, ces égorgeurs qui tueraient et violeraient s'ils le pouvaient. Oh oui, tous autant qu'ils sont, bien peignés et pomponnés. Éventreurs! Comment peut-on vivre parmi eux? Comme eux? À quoi ça mène?* Nulle part, et tout le monde le sait. À crever un jour et puis plus rien, et tout le monde le sait aussi. Alors pourquoi ils continuent? Pourquoi ils ne partent pas un jour comme on veut le faire Stan et moi?

Je suis là sur les marches de notre maison et je n'arrête pas de me poser des questions. C'est cette chose sans nom peut-être, cette chose dont on ne peut parler qui a rendu l'univers si absurde, qui a ouvert en moi ce flot insensé de parole. Y a-t-il quelqu'un au monde qui se parle à lui-même comme je le fais? Autant que moi, aussi bizarrement? Je me demande.

Tout ce qui m'intéressait avant a disparu, les chevaux, les actrices, le nom des plantes dans le jardin de maman et même la musique que nous écoutions. Évanouis, emportés par cet interminable discours que je me tiens. Je fixe cette rue anonyme où la vie coule sans aucun sens, où d'autres hommes remplaceront ceux qui y meurent sans aucune pensée pour les disparus, et puis au-dessus de moi, je regarde le ciel tendu d'étoiles, glacé et indifférent. Je voudrais que, pour moi au moins, la vie ait du sens.

*Je mesure un mètre soixante et un et je me sens un peu seule.*

\*

Ce soir on est allés au *Crystal*, le seul cinéma de Beardsley, mais il n'a *pas* essayé de m'embrasser. Il est si élégant, je suppose, si délicat que ça doit lui paraître plouc d'embrasser une fille au cinéma. Je ne me souviens presque pas du film tellement j'étais ailleurs. Une histoire de gangster à la noix. À la fin, la brune sulfureuse se prend une balle et c'est bien fait pour elle, vu que c'est elle qui a entraîné le héros dans toutes ces conneries. C'est tout ce dont je me souviens. En revanche, j'ai entendu chaque respiration de Stan, senti chaque frémissement de sa peau. Quand il a voulu parler du film en me raccompagnant, j'ai dû passer pour une imbécile. J'ai dit que je n'avais pas aimé, que dans la vie la brune sulfureuse reste en vie et rigole. Lui aussi, il a aimé moyen, trop *stéréotypé* il a dit.

Je me rappelle seulement des actualités, ce reportage sur la dénazification de l'Allemagne et les images de tous ces enfants des jeunesses hitlériennes qui criaient *Heil Hitler* à l'unisson dans un grand stade. Je me suis dit que ça faisait H.H. comme Humbert Humbert (ce bon Hummy se présente parfois comme ça) et j'ai failli rire mais je me suis retenue parce que Stan m'aurait demandé pourquoi. Puis il y a eu un autre sujet sur la *Commission des activités antiaméricaines*, sur les *rouges* et la menace qu'ils font peser sur les États-Unis. Il y a des tas d'acteurs qui sont des communistes, des espions des Russes. Là encore ça m'a fait rire parce que je me suis demandé si Hummy n'était pas un de ces rouges infiltrés parmi nous. Vu qu'il ne veut jamais aller aux réunions de parents d'élèves et aux apéritifs ni rien, et qu'il vient d'Europe et tout ça. Stan m'a expliqué que, pour lui, cette histoire de rouges, c'était des conneries. Qu'il y avait juste des politiciens qui voulaient se faire mousser à Washington et avaient monté cette commission pour exister. Je ne sais pas. Ce que je sais c'est que pour exister on peut juste aimer. Aimer comme j'aime Stan, mais je ne lui ai pas dit.

En rentrant, au bout de ma rue, il a mis ses mains sur mes épaules, c'était la première fois

de la soirée qu'il me touchait, puis il les a vite
enlevées comme s'il avait fait une erreur, il a dit
bonne nuit et a disparu dans la nuit. Me voilà
maintenant aux prises avec H.H.! Je lui crierai
quand il poussera la porte de ma chambre tout à
l'heure : « Heil le Rouge, je vais te dénoncer! » Il
verra que j'étais bien au *Crystal* avec mes copines!
Hahaha!

*

Il m'a embrassée sur les lèvres et mon corps
entier s'est dissous, envolé. Mes jambes… de
la fumée, et mon cœur sortait de ma poitrine.
C'était pourtant un baiser de théâtre, juste un
frôlement (Stan joue un prétendant dans cette
pièce *américaine* pas si niaise que ça). Avant la
répétition, je croyais que je jouerais la scène du
baiser sans m'en soucier, je pensais même que ce
n'était pas assez osé. Des trucs d'enfants pseudo
poétiques, risibles simagrées : faire semblant, juste
coller ses lèvres. Mais non, c'était dingue.
C'était la première fois que j'embrassais
quelqu'un. Pour de vrai.
*Oh, que c'est étrange!* Même s'il n'y avait rien,
pas de projecteur, nous étions éclairés, protégés
par un halo de lumière qui dessinait les bords

cerclés du monde, nous étions là, tous les deux sur scène, seuls et comme nus. Nus comme personne ne l'a jamais été avant nous. *Un goût de paradis.*

C'est donc ça, ce baiser? Comme si j'étais à vif, et l'espace autour de moi devenu soudain clos, plein d'élan et chargé d'avenir, le temps d'un baiser de théâtre. Ce temps-là, si court, j'appartenais enfin au monde, j'y avais à nouveau une place. Ce soir, installée à mon petit bureau dans ma chambre, je revois cette salle de classe, je revois Mrs Humboldt qui nous dit d'y aller, de ne pas avoir peur... Je vois tout ça avec netteté, et même cette pauvre estrade en bois que je trouvais ridicule me paraît soudain idéale.

Dimanche, Stan m'a invitée à aller faire un tour à bicyclette avec lui. Il veut me montrer un coin qu'il aime dans la campagne. Je tuerais pour ça. Pour que Hum m'autorise à partir un après-midi entier avec ce garçon. Et que le baiser recommence: *me dissoudre et appartenir.*

\*

Depuis deux semaines, je vois Stan tous les jours et, peu à peu, c'est comme si Hum s'évaporait. Même en train de dîner à côté de moi à la maison, il est de moins en moins consistant. Une brume qui s'évanouit au moindre rayon de soleil, à la moindre lumière, dès que j'ouvre les yeux. Stan, lui, s'incarne. Sa peau est en moi, je la sens, je la goûte bien plus que je ne sens les draps de mon lit ou la saveur de mon chocolat. Il est plus brûlant, plus éclatant, plus vif que tout ce qui m'entoure. Il est plus doux que les plumes de mon oreiller et me fait plus mal que les couteaux les plus tranchants. Il est plus réel que ma vie avec Hum, que ma vie tout court. Je l'ai aimé au premier regard, au premier « salut », et encore avant, avant même que je ne vienne ici ou que je ne sois née.

S'il pouvait seulement m'aimer, ne serait-ce qu'un instant, une minute, je mourrais sans crainte et ma pauvre vie aura été sans égale, merveilleuse. *Oh, je donnerais l'éternité pour un instant de cet amour-là !*

*

Le printemps est là. L'air plus léger, les oiseaux de retour. Je ne sais pas d'où ils sortent ni où ils étaient cachés. Il s'est assis au plus haut des grands rochers couverts de mousse et je me suis installée près de lui. En bas, la vallée de

Beardsley, la ville, la rivière et les bois qui sont redevenus vert tendre. Nous avons contemplé notre univers à la fois grand et minuscule en mangeant nos sandwichs puis on s'est allongé pour regarder le ciel.

*Tu dis* : le ciel est la chose la plus importante dans nos vies, nous vivons au fond d'un océan d'air bleu, comme des poissons qui marcheraient au fond des fosses. Et les oiseaux, eux, sont des poissons de l'air. *Tu dis* : personne ne s'en rend compte mais c'est grâce à lui, à cet océan avec ses vents, ses marées, ses nuages et son oxygène bleu, que nous pouvons vivre et que nous sommes là tous les deux. Tu parles des étoiles, de leur tension dans le ciel noir, de la Voie lactée et de la Terre perdue aux confins de la galaxie.

Je ne t'écoute qu'à moitié. J'ai une envie folle de prendre ta main, ta belle main qui désigne le ciel, et de la mettre sur mon cœur, ou de l'embrasser. Je te raconte comment toute petite j'avais un cerf-volant jaune et rouge dont j'étais folle, oui comme la robe de Blanche-Neige, et comment ma mère m'aidait à tirer les fils et à le faire voguer dans le vent.

Je n'ai pas pu tenir longtemps. Je me suis tournée vers lui et en le dévorant des yeux, je lui ai dit *je t'aime*. Je ne sais même pas comment j'ai eu la force de dire ça. Je t'aime et j'ai besoin de toi et de t'aimer, comme les poissons-humains ont besoin de l'air. Il a répondu *moi aussi*. Moi aussi je t'aime. Puis il m'a prise dans ses bras et on a roulé sous le ciel bleu océan des hommes et des oiseaux renaissants.

\*

Dernière neige de printemps. D'infimes flocons dans un ciel presque bleu. Ils dansent, et moi aussi. Devant le miroir de l'armoire ou de la salle de bains, avec ma seule amie, en fredonnant cette chanson qui passe en boucle à la radio : *Near You... There's just one place for me/ Near You/ It's like heaven to be/ Near You...*[8]

C'est drôle, ces temps-ci, Hum le carnassier n'est plus aussi pressant qu'avant. Il ne monte presque plus dans ma chambre, ne montre presque plus les dents (comme s'il *savait*), alors je m'y enferme dès que je rentre de l'école et je pense à *lui*. Je rêvasse, je songe à ce qui *doit arriver*. Et j'ai peur, une peur délicieuse, tumultueuse : *je n'ai jamais fait l'amour*.

---

**8**. Chanson de Francis Craig, par The Andrews Sisters, 1947.

\*

Avaler le sperme des hommes, c'est les aimer, non? *Leur montrer qu'on les aime?* Je ne l'ai jamais fait pour Hum, il ne m'a jamais demandé, ni forcée. *Mais là, il faut?* Je veux dire… *si on couche ensemble?*

\*

*Hors du temps.* Il m'a pris la main et m'a tirée, entraînée vers la scierie du père de Duncan. On courait. Il y avait encore de la neige sale par endroits, mes chaussures à talons s'enfonçaient dans le sol et je trébuchais. Stan me relevait à chaque fois et la course reprenait à travers les bois de Willhood. Stan est très fort et je sentais cette force irrésistible dans son bras qui me soulevait, me faisait presque voler. Il disait en riant « viens Blanche-Neige, viens ». *Ça arrive, ça va arriver, je le savais! Et cette course à travers les bois me fait tourner la tête. Je n'aurais pas dû mettre ces talons mais j'étais si belle comme ça.*

Finalement, un hangar qui sent le sapin coupé, la résine. Il y a plein de planches et de morceaux de bois, de la sciure au sol, des machines à l'arrêt. Il faut monter à l'étage, sous les combles. Un semblant d'appartement avec quelques fauteuils, des étagères, une table basse et des livres.

Stan s'assoit sur le lit au milieu de tout ça. La grosse courtepointe s'affaisse sous son poids et gonfle de l'autre côté. Je suis debout, j'attends qu'il dise quelque chose mais il ne dit rien. Étrangement, il ne fait pas froid ici. En levant les bras, je touche le plafond. Puis Stan me tire à lui, doucement, colle sa tête contre mon ventre et enlace mon dos, caresse mes fesses. J'ai peur mais je ris, encore essoufflée. J'ai cette petite jupe rouge à boutons en laine légère, que Hum m'a achetée au Texas. Ses mains glissent en dessous, chaudes sur mes cuisses glacées.

*C'est l'heure, ici le monde renaît! Tu vas être une femme. Oh, j'ai tellement peur!*

J'ai dû déboutonner ma jupe, c'est si compliqué, et puis ôter mon pull et dégrafer mon soutien-gorge, là, debout devant lui pendant qu'il se déshabillait. Mes mains tremblaient, je ne sentais plus mes jambes. Il disait : ne t'inquiète pas, tout ça est naturel, l'amour, le corps, aussi naturel que de boire quand on a soif, de manger quand on a faim ou de dormir quand on a sommeil.

En cet instant j'étais sourde, aveugle et muette. Mais je comprenais que j'étais ici par l'effet de la pure nécessité. Je devais être ici et il le devait aussi. Jusqu'aux marques d'élastique de son caleçon sur ses hanches blanches, jusqu'à son sexe sombre et dur, tout cela était aussi nécessaire que le jour de notre naissance ou celui de notre mort. Comme une pierre retombe après avoir été lancée.

Nue, je ne pouvais plus faire un geste, et c'est lui qui m'a soulevée et posée sous lui dans le lit aux draps froissés en remontant la courte-pointe dans son dos. Il m'a caressé les seins, j'ai songé un instant qu'ils étaient trop petits, puis j'ai oublié quand il les a presque entièrement mis dans sa bouche en faisant *hmmmm* du fond de la gorge. Ces grognements de plaisir, son souffle qui s'accélère! Il a continué, exploré mon dos, mes cuisses, mon corps entier.

En disant: *je t'aime tant.*

Oh, moi aussi: *je suis à toi, entièrement.*

Je ne mentais pas, j'étais enfin là *tout entière*, comme réunie, ne pensant à rien d'autre qu'à son dos ou à ses petites fesses sous mes mains. Sur une île hors du temps.

\*

Presque trois semaines! Ça ne m'est jamais arrivé. Il y a en plus une légère modification de mes seins, de mon ventre, plus gros, plus ronds, je le sens. *Je le sens en moi !* Et ce retard. Il est huit heures et dans la salle de bains je regarde mon paquet jaune et bleu de serviettes hygiéniques. Il est presque plein, il dit : *tu n'as plus besoin de moi désormais.* J'en avais pourtant dans mon sac de classe tous les jours mais ça n'est pas venu, aucune douleur, aucun mal de tête. J'aurais dû avoir mes règles depuis longtemps. J'ai trop attendu, il faut en parler. Non, il faut encore attendre, ne rien dire tout de suite. Ça n'est pas certain. Pourtant tout bat en moi. J'en suis presque sûre. Ça devait arriver, j'y ai pensé mille et mille fois, ça ne s'est pas produit mais là, c'est terminé.

Un mois que je fais l'amour presque tous les jours avec Stan au-dessus de la scierie, mais… mais je ne sais pas si l'enfant est de *lui* ou de *Hum.*

Huit heures et quart, je dois aller en cours mais j'ai tellement envie de dormir, de me recoucher dans mon lit si chaud. Le monde est comme un aquarium, j'entends les choses au loin, étouffées, et ça bouillonne autour de moi. Je me suis remise à serrer ma poupée avant de dormir. *C'est un signe, non ?* Oh s'il est de Stan, j'aimerais tant le garder ! Notre bébé, notre amour. J'en rêve chaque soir mais comment savoir? Parfois j'aime ce bébé, parfois je le hais. Un ange, un monstre qui pousse en moi. Ça me donne le tournis. De toute façon, je suis trop jeune. C'est ce qu'*il* pensera. Et que pensera Hum? Il trouvera quelqu'un pour me l'enlever, pour l'arracher, loin de Beardsley. J'ai mal rien que d'y penser.

Il va falloir le dire à Hum. Ou à Stan. À quelqu'un. Faire quelque chose avant que ça ne se voie. *Mon Dieu, je ne sais pas! Je suis à nouveau toute seule. Blanche-Neige enceinte! Des sept nains. Ahahaha!*

Dans la salle de bains, ma meilleure amie me regarde fixement et dit: tu as de gros seins, de gros seins blancs et crémeux, ceux de l'amour ou ceux du péché, je n'en sais rien, mais c'était écrit qu'un jour ils grossiraient. C'est vrai, mon soutien-gorge me serre, mes robes aussi. *Là où ta vie vagabonde, là où elle t'emmène, il te faut aller*, dit-elle encore. Je dois aller en cours. On verra demain.

*Non, ce soir*, dit mon amie.

*

Un effondrement du temps. Je ne sais plus depuis quand je suis dans cette chambre. Une semaine, peut-être plus. Mon ventre me fait mal : cette horrible femme… Elle m'a frappée, s'est introduite en moi. Un long fil de fer passé sur le feu de la gazinière. J'ai hurlé, Hum me tenait. C'est la première fois que je voyais Hum les larmes aux yeux. *Je sais que c'est dur pour toi ma Lo. Mais c'est le seul moyen, tu le sais bien.* Et mon sang rouge, comme vivant, sur ses mains de sorcière, partout. Je le sentais couler comme s'il allait s'envoler de mes cuisses pour s'enrouler autour du cou de cette femme et le serrer jusqu'à ce qu'elle meure. Je nous revois. Cette affreuse maison, ses couvertures sales, et la table de cuisine sur laquelle on fait des anges, où je me suis allongée. Un fœtus gros comme un grain de maïs, a-t-elle dit. Mais avec un cœur déjà, un être sanglant qui crie, qui vous saute à la gorge.

Un bébé.

Qui crache, qui hurle, pour demander à grandir et à vivre.

Un bébé sanglant avec une minuscule bouche.

Ça me hante.

Officiellement, je suis malade, contagieuse. Stan appelle chaque soir. Chaque soir, Hum tente de le congédier mais finalement il me le passe en restant à côté ou pas loin. Je ne lui parle pas beaucoup mais il entend mon épuisement.

Je réponds seulement « moi aussi » quand il dit qu'il m'aime. Ce silence me rend folle et l'énerve. Ce soir, il a raccroché en plein milieu de la conversation. Je suis triste.

*Lui* seul me comprendrait, mais je ne peux pas en parler. Je dirais quoi ? Qu'on m'a arraché son bébé et qu'on l'a jeté à la poubelle sans même lui demander son avis ? Qu'il n'était peut-être pas le père ? Ou que je l'ai juste *perdu* en tombant dans l'escalier ? De toute façon, il faudrait que je mente et je ne veux pas. Pas avec *lui*.

*Peut-être que je lui dirai tout.*

*Et il voudra tuer Hum.*

\*

« Stan, tu sais pourquoi on existe plutôt que pas ? Je… je veux dire qu'il y a des tas de bébés qui sont nés en même temps que nous sur terre, ça n'arrête pas, *plop, plop, plop*, partout des bébés surgissent ici et là, alors pourquoi on est nous et pas ces gens-là, là-bas, en Inde, au Mexique, ou à Washington ?

— On est nous parce qu'on est nous, un point c'est tout.

— Oui, mais pourquoi ici ? Pourquoi je suis née à Ramsdale et toi à Pittsburgh ? Et pas à Londres ou en Pologne sous ces affreux bombardements pendant la guerre ? Est-ce que ça a un sens ? Est-ce qu'il y a des gens *qui n'existent pas*, je veux dire, *qui ne sont pas nés ?*

— Non, Dolores. Tout ce qui est né est là, crois-moi. Ou a été là et aura été là pour toujours, jusqu'à la fin des temps. Même les Indiens Shawnees ou Delawares, même ton père, ta mère, les hommes préhistoriques, et aussi cette pierre, cet arbre, cette maison. Les choses disparaissent mais elles ont été et rien n'empêchera ça. Jamais.

— Mais pourquoi moi j'existe et je suis moi, moi justement ? Avant de naître, avant d'être un bébé dans le ventre de ma mère, j'étais quoi ? Est-ce qu'il n'y a rien avant ? Même pas un semblant de vie ?

— Et si on allait boire un verre en ville chez Ben's avec les copains ? Parce que Ben's, ça existe aussi ! Et depuis 1931.

— D'accord. Bonne idée. »

*

Pas hier, mais le jour d'avant. C'est ce jourlà, ce jour tout blanc, qu'on s'est disputés dans la scierie du père de Duncan. Disputés jusqu'à dire des choses qu'on ne pense pas, jusqu'à ne plus pouvoir se regarder. Stan m'a demandé ce qui n'allait pas chez moi, j'ai dit : « Rien, tout va bien, j'étais seulement malade et je suis encore très… faible. »

Il disait : « D'accord, d'accord Dolores, mais il n'y a pas autre chose ? Tu ne me caches rien ? » Il ne voulait pas en démordre, il *sentait* que quelque chose n'allait pas.

« Je le sens, je te sens ! Il y a quelque chose… je ne sais pas quoi, dis-moi, je t'en supplie. Je t'aime et ça me fait mal. »

Ça a commencé comme ça, doucement, insidieusement, comme commencent les disputes. Après l'amour. Depuis plusieurs jours ça me faisait mal, j'étais toute sèche, et c'est ça qu'il a dû sentir. Mais je n'ai pas compris tout de suite, et puis c'est impossible d'aborder ce genre de sujet. *Être sèche.* Enfin, moi, je ne sais pas comment faire. Alors sans que je m'en rende compte, c'est monté, monté : à la fin, je ne l'aimais plus, enfin, plus comme avant, je lui cachais quelqu'un, une autre histoire, ou des pensées… Mais si, je t'aime et je n'aime que toi, si tu savais ! Mais il ne savait pas, ça ne se voyait pas, je mentais et finalement il n'en avait rien à foutre de moi, j'étais une petite conne, une morveuse et allumeuse comme les autres, non, pire que les autres. J'avais beau pleurer, crier que si, je l'aimais, que je mourrais pour lui s'il me le demandait, plus rien ne pouvait le convaincre. Comme s'il avait déjà cette idée en tête avant de parler et qu'il ne voyait qu'elle. *Sa colère déjà ancrée, le mordant comme une vipère effrayée.*

Je me suis levée du lit, rhabillée et j'ai dit qu'il était buté, stupide, même pas capable de comprendre que j'avais été malade et que j'étais fragile… « Fragile mon cul, il a dit. Menteuse surtout. Tu penses à quelqu'un d'autre, avoue-le, ça sera plus simple. Même pas sûr que tu étais vraiment malade. Je comprends maintenant. Et puis je m'en fous. C'est pas grave, des comme toi y'en a des pelletées. Vas-y, fous le camp, j'en ai plus rien à foutre de toi, c'est fini. Fini, tu entends. » Il s'est levé, tout nu, et a marché vers moi la main levée pour me frapper. J'ai reculé et j'ai dit : « Oui, je m'en vais, je m'en vais mais tu as tort parce que je t'aime. » Puis il est retourné dans le lit, a regardé le plafond et n'a plus rien dit. La petite bibliothèque, les fauteuils, les morceaux de bois, tout cet espace étrange où nous avions été si heureux était devenu muet.

Premier amour, premier chagrin. Comme ça a été vite ! Un battement de cœur, le vol d'un colibri entre deux fleurs, la première s'ouvre, l'autre est déjà fanée.

Sur le chemin du retour, j'ai songé à ce secret que je porte en moi et qu'aucun avortement ne pourra m'enlever, ce secret qui noie l'amour, le laisse pourrir. Et j'ai voulu mourir. Mais, bon, je suis rentrée quand même. Il y avait un magnifique coucher de soleil, *un coucher de soleil pour quelqu'un d'autre.*

\*

*Mais si, il t'a regardée! Mais non! Tu crois? Sûre! Oh, non, c'est pas vrai, et tu crois que ça veut dire quoi?* Ah, les conversations entre filles! Les mecs, encore les mecs. Ils ont remplacé la folie de l'amitié alternée quand on est en primaire: *t'es ma meilleure amie, t'es plus ma meilleure amie!*

Je vois beaucoup Phyllis Chatfield en ce moment. Parler de choses futiles me console. Mais les gars sont impitoyables, sans yeux pour voir la beauté et sans oreilles pour l'entendre. L'autre jour, j'ai présenté Phyllis à George Green que je connais bien parce qu'on est en cours d'anglais ensemble et qu'il a toujours la note juste au-dessous de la mienne. Disons qu'il est deuxième. C'est donc pas un type idiot, ni moche.

Je pensais que Phyllis lui plairait et elle est dingue de lui. Phyllis est intelligente & gaie & instruite & un peu ronde mais jolie & pas bêcheuse comme cette prétentieuse de Rosaline Cowan qui se contente d'être belle et c'est tout. J'arrange donc un rendez-vous chez Phyllis, pour soi-disant faire nos devoirs. George Green arrive, on monte dans la chambre de Phyllis, et au bout d'un moment, je les laisse seuls sous prétexte qu'il faut que je rentre chez moi plus tôt, que mon beau-père a appelé. En fait, je vais me promener en pensant à ce qu'ils vont bien pouvoir faire tous les deux et en priant pour que ça marche, parce qu'ils vont vraiment bien ensemble.

Phyllis est tellement excitée! Elle a tellement peur! J'espère qu'elle ne va pas rester muette.

Le lendemain à la récréation, je tire George Green à l'écart et je lui demande comment il a trouvé Phyllis, franchement. Il dit: « Franchement super! Elle est super ta copine! Mais je ne sais pas, trop intello, un peu névrosée, je crois. Enfin, il y a quelque chose qui ne va pas chez elle, mais elle est intelligente et tout, c'est pas la question… »

Il n'en veut pas. Ça ne se fera pas.

C'est toujours pareil. Ça me fout en rogne. Dès qu'une fille n'est pas *très* jolie comme Rosaline Cowan, elle ne plaît pas aux mecs, enfin, à ceux de notre âge. Ils la trouvent toujours « trop intello », « névrosée » ou autre chose de ce genre, alors que c'est une fille géniale. Ils préfèrent une belle idiote qui fait baver tout le collège, mais n'osent même pas se l'avouer. Âge de mensonge et de paraître, âge sans pitié. De merde et de fer. Ça me rend dingue parce qu'au final, c'est tout ce qui nous restera, l'amour. Tout le reste aura disparu, la beauté de Rosaline avec. Je parle de l'amour vrai, comme celui entre Stan et moi. Même si c'est fini, rien ne pourra empêcher notre amour d'avoir existé, pour toujours.

Oui, je vois beaucoup Phyllis en ce moment, cette fille géniale. *Ça m'apaise et me guérit.*

*

*Si tu ne veux plus de moi,*
*Qui entendra quand tu crieras ?*
*Qui tirera le cerf-volant avec toi ?*
*Qui répondra au téléphone quand tu appelleras ?*
*Qui dira* Stanislas *quand tout le monde dit* Stan *?*
*Et qui te raccompagnera chez toi ce soir ?*
*Une autre que moi, une autre que moi.*

Encore un de ces mauvais poèmes que je n'ai jamais envoyés à Stan et laissés dans ce cahier.

Toutes ces réconciliations et ces disputes, ça ne mène à rien. Notre brouille est trop profonde, et aucun de nous ne sait plus d'où elle vient. Et puis aucun poème, aucun mot, aucune larme, n'ont jamais sauvé l'amour une fois qu'il est mort.

Je le remplacerais bien par cet autre poème qui, au moins, me fait rire :

*Je laisse tomber.*
*L'amour fait chier,*
*C'est une maladie.*
*D'ailleurs, d'ailleurs,*
*Des gens en meurent.*

\*

Hier Gordon Clarke m'a fait des avances près des casiers dans le hall de l'école. Enfin, il m'a dit que j'étais la plus belle des filles du coin, ce compliment pourri, et pour la première fois je lui ai répondu. Il sait sûrement que Stan et moi, c'est fini. On a parlé cours, profs… rien. Je crois qu'il dit à toutes les filles qu'elles sont les plus belles du coin, mais bon. Il est plutôt beau avec sa mèche de cheveux noirs qui lui tombe sur les yeux & se croit irrésistible parce qu'il est quarterback dans l'équipe de foot du collège &

qu'il y a toutes ces filles qui crient & dansent & se trémoussent quand il traverse le terrain avec le ballon & qu'il marque. C'est un buteur! Je ne comprends rien au foot mais il a de belles mains, de belles mains puissantes et rassurantes qui frôlaient les miennes sur le bord du casier. Oui, un instant j'ai pensé à autre chose qu'à Stan et à ce bébé. J'étais juste là, à l'école, dans cette ville, et ça m'a fait du bien.

*Cette saison de deuil et de vie nouvelle!*

*Tout est possible. Je veux être légère, vivante. Et savoir que quelqu'un veut de moi, veut m'aimer.*

J'ai revu Gordon à la sortie et on est allés boire un Coca chez Ben's. Il m'a fait rire en imitant les profs et les filles de la classe. Ça faisait longtemps que je n'avais pas ri comme ça, pour rien. La vie de collège, toute simple, avec nos sacs sur la banquette rouge & nos livres & nos cahiers. Du coup, on a rendez-vous ce week-end pour un piquenique. Il devait y aller avec Lenny et Bruce, mais ils ont annulé ce matin & j'ai accepté d'y aller avec lui. On sera juste tous les deux. Je ne sais pas si cette histoire d'annulation est vraie & je me fous un peu de Gordon Clarke. Il est sympa mais je crois que je veux punir Stan. *Oui, je suis une morveuse-allumeuse & tu le sauras & finalement auras raison.* Comme ces gens qui répètent que vous êtes bons à rien et qui font les choses à votre place avant que vous n'ayez le temps de leur prouver le contraire. À force de s'entendre dire quelque chose, on finit par y croire et s'y conformer.

En rentrant, j'ai crié *salut* à Hum et grimpé les marches jusqu'à ma chambre, excitée comme si c'était mon premier rendez-vous. Et le cœur battant, heureuse d'être désirée, heureuse d'être seule. Le soleil entrait encore tout de biais par la fenêtre et, juste à côté, le miroir ovale de la coiffeuse brillait comme un phare dans la nuit projetant sa lumière sur le mur au-dessus du lit. Oh oui, j'ai besoin de faire de cette ville *ma* ville, de cette lumière *ma* lumière et de cette obscurité *mon* obscurité. Sinon, j'en mourrais.

*

*Je n'aurais pas dû!* Quand j'ai voulu déboutonner sa braguette, la magie s'est arrêtée. Il m'a regardée comme si j'étais le diable ou je ne sais quoi de dégoûtant, puis il s'est levé et il a fui. *Pourtant c'est ce qu'il voulait, non?* J'avais l'air d'une conne toute seule sur la couverture au bord de la rivière. J'imagine déjà, demain tout le collège sera au courant. *Une pute, une vraie pute, je te jure.*

Je n'ai pas respecté les règles. Je suppose qu'avant d'en arriver là, il faut dix rendez-vous, vingt Coca, des heures de discussion, des pique-niques, des cadeaux à la con, puis des pelles et tout un bordel compliqué qui consiste à se toucher les cheveux, à se regarder dans les yeux en montrant ses dents et en faisant des allusions à une éventuelle coucherie ou à un pelotage de seins sur un canapé... Alors que c'est ce dont ils rêvent. Une pipe, et puis baiser, me prendre à quatre pattes sur une couverture près de la rivière ou ailleurs.

Sales hypocrites. *J'ai tellement honte maintenant ! Honte de moi. Je voulais juste qu'on m'aime !*

Je suis triste. Je crois que j'étais quand même un peu amoureuse de Gordon, un amour pour faire oublier le chagrin peut-être. Mais c'est de ma faute. J'ai grandi trop vite, ma place n'est pas avec les gens de mon âge. J'essaie, je parle, je ris avec les autres, mais quand je fais le compte, rien ne va, faut l'avouer. Trop maquillée ou pas assez, jupes trop courtes, trop longues, trop joueuse ou pas assez... toujours à côté, toujours quelqu'un pour se moquer de moi, me critiquer. Quoi que je fasse. Au fond, il n'y a qu'avec Hum que je peux être moi-même, il n'y a que Hum qui me comprenne et m'accepte même si c'est peut-être aussi à cause de lui que je suis comme ça.

Oh comme je hais cette ville! Cette petite ville mesquine à l'esprit fumeux. La vie avec Stan semble loin désormais, et j'erre ici sans rêve ni désir. Sans aucune idée de ce que je vais faire ni devenir, sans amis ni amours. Je suis comme ces pêches gâtées que nous avons ramassées en allant pique-niquer et que je viens de jeter dans la rivière. Un fruit pourri avant d'être mûr, emporté par le courant, inconscient d'où il va et d'où il vient.

*

*Un casier à mon nom.* Ce matin, presque toutes les filles de ma classe et d'autres que je connais moins m'ont fait une surprise. Elles ont obtenu de la direction que j'aie enfin un casier à moi. Un des casiers qui ne servent pas et qui étaient fermés, on ne sait pourquoi. Elles m'attendaient dans le hall de l'école. Je suis arrivée trempée. Sur le chemin, une pluie d'avril, soudaine et dense comme une douche. Et maintenant, le soleil inondait à nouveau le long couloir qui longe les salles de classe et le carré des casiers, donnant sur le jardin par les baies vitrées. Il faut dire que depuis que je suis dans cette école, je me plains : je partage mon casier avec Sally Hayes. Elle a trop de vêtements entassés, de chaussures, de vieux papiers, de dossiers. Je n'ai pas de place pour moi et les filles ont été formidables d'appuyer ma demande. Moi, j'avais renoncé depuis longtemps déjà.

J'avance dans le hall, lentement… Elles sourient comme des gens pour un anniversaire surprise. Je suis sonnée par l'averse, mes cheveux collent sur mon visage comme de petites couleuvres, de l'eau coule dans mon dos. Je dois être horrible à voir. Mais elles sourient. Sally désigne un casier : il y a une étiquette à mon nom dans le petit rectangle en plastique collé juste au-dessus du cadenas : *Dolores Haze*. Elle me tend la clé et je comprends enfin. Je dis : « Oh merci ! quel bonheur ! » Je serre cette clé dans ma main, je m'avance mais la cloche sonne et tout le monde file en cours. Une volée de moineaux dispersée par un coup de fusil. Toute la matinée, en maths puis en histoire, je regarde ma clé. Elle brille dans ma paume, minuscule, lumineuse. *Ainsi, elles m'aiment quand même. C'est une petite chose. Un symbole, non ? Celui qui dit que je suis enfin adoptée.*

À midi, je sors. Bousculade. Elles sont toutes là, dans le hall. Alors j'inaugure, je sors la précieuse clé de ma trousse. Sourires et sourires en retour. Mes cheveux sont enfin secs, seules mes chaussures sont pleines d'eau. Ça fait *fwich fwich* entre mes orteils et au lieu de m'énerver ça me fait rire. Je suis heureuse. Je m'approche, tourne la clé et ouvre le casier. À l'intérieur de la porte, gravé dans la peinture bleue, il y a écrit en gros :

## *SALOPE*

Je me suis retournée et il n'y avait plus personne, seulement quelques rires, fuyant là-bas dans le soleil du couloir. *Salope, c'est mon nom, n'est-ce pas ? Mon vrai nom ?*

\*

Je cours, je danse, je joue, je nage, je pédale, jusqu'à ce que mes muscles me fassent mal. Je veux les sentir, sentir la transpiration couler sous mes bras, dans mon dos, sur mes cuisses… Je suis seule désormais. Il n'y a que Phyllis qui me parle encore de temps en temps. Qui m'appelle. Mais elle a peur elle aussi et je sens qu'elle s'éloigne.

*Oh, j'aimerais laisser mon corps quelque part et m'envoler loin d'ici, au-dessus du Mexique par exemple, des plages et des sierras.*

Quand je rentre à vélo, je crie en roulant et en regardant le ciel. Je lève la tête, je fixe les étoiles et je crie n'importe quoi, des mots que j'ai entendus dans la journée : Himalaya, asymptote, Noé, putain, patrie, fidélité… Je cours, je danse, je joue, *et j'insulte Dieu.*

# III

# CLARE
## (AVRIL 1949 - OCTOBRE 1950)

Depuis que Clare Quilty est arrivé au collège, il me regarde bizarrement quand on répète. *Je sais ce qu'il veut et il l'aura peut-être, même s'il me dégoûte.*

*On dirait que je les attire!*

Il est gras et laid et vieux, bien sûr. Au moins quarante ans. Tous ces poils blonds, ses lèvres boudinées et sa moustache sous le nez! On dirait une trace de diarrhée faite en s'essuyant le cul. Et puis cet air suffisant, cette voix ironique. Je me demande pourquoi ma mère était amoureuse de lui. Sûrement parce qu'il écrit des pièces de théâtre et des scénarios pour Hollywood. C'est dans ces moments-là que, malgré tout mon amour, je saisis avec honte le ridicule insondable de maman, membre du club de lecture et minaudant avec l'auteur en vue que toutes ces pauvres bonnes femmes ont réussi à piéger chez elles, devant une table basse avec des napperons, pour un apéritif-lecture. Encore un verre d'orangeade ? Et que pensez-vous de *l'existentialisme*? *Et mes cuisses, croisées dans le fauteuil, vous en voulez? J'ai un grain de beauté charmant sur la fesse droite...* Toutes ces rombières en chaleur devant le Grand Homme.

Clare Q. m'a reconnue et moi aussi, dès la première répétition à laquelle il a assisté. C'est lui désormais qui dirige notre troupe de comédiens-collégiens. Honneur insigne! Tout le monde est à ses pieds, Mrs Humbold ne jure que par lui, l'appelle Maître. Maître quoi? Maître queue, oui! Je ne peux pas dire pourquoi mais *je sais* qu'il aime les jeunes filles. Comme Hum. Il ne se souvient pas de moi, non, j'étais trop petite, mais il m'a dévoilée au premier coup d'œil. Il m'a d'ailleurs demandé de passer ma scène. Pas celle du baiser avec Stan, je ne veux plus la répéter avant le jour de la représentation. Celle avec Sally Hayes où je nettoie la cuisine en lui disant mon envie de partir vivre ailleurs et où elle me décide à rester à la ferme en me répondant qu'ici il y a tout, que c'est la vraie Amérique, humble et travailleuse et pionnière et toutes ces conneries.

J'ai passé la scène et après il n'a parlé qu'à moi. C'était gênant pour Sally Hayes. Il n'a fait que me diriger, moi. « Tu as du talent, oui, mais tu n'es pas assez sûre de toi. Pose-toi. Pose ta voix, je veux entendre ton élan. Dans cette pièce, tu *veux* partir ! Alors montre que tu es décidée. Je veux voir une goutte de sueur perler sur ta poitrine, là ! (Et il a pointé son gros doigt entre mes seins, dans mon décolleté.) Je veux cette émotion : tu rêves de partir ! Tu as de grands rêves… ils t'emportent, alors emporte-toi ! »

Je n'ai rien dit et j'ai rejoué la scène. Cinq fois, dix fois. Jusqu'à ce qu'il la trouve bien. Ou s'arrête, fatigué, et dise « c'est mieux ». Puis il est parti sans un regard. Le Maestro !

Il n'a rien dit mais moi je sais.

Sans qu'on ait échangé un mot de plus, Clare Q. a compris *qui* je suis vraiment. *Et il me veut.* Comme si ma relation avec Hum se voyait sur mon visage. Je sais enfin dans quelle eau je baigne, à quel monde j'appartiens : au sien. Et à celui de tous les pervers de ce continent.

En attendant, j'ai couru pour rentrer à la maison. Heureuse d'être enfin importante. Je veux jouer dans cette pièce et qu'on m'applaudisse, qu'on me dise que j'étais formidable. Oh oui, formidable ou rien.

*

*Êtes-vous un communiste? Non, je ne suis pas un communiste. Alors êtes-vous un sympathisant communiste?* À la radio, Charlie Chaplin se défend, parle honnêtement de son nouveau film, *Monsieur Verdoux*[9], et Hum l'écoute en souriant. Oh, lui, le Petit Vagabond que j'ai tant aimé, dont j'ai vu tous les films avec maman, lui, harcelé par ces gens. Lui, à la boucherie, face à ces chacals sans talent ni émotions. Ils tiennent leur revanche! Hum dit: « Tu entends? Ces pauvres idiots font les importants en se donnant l'air d'être plus américains que les Américains.

— Oui, j'entends. Qu'est-ce que... qu'est-ce que ça veut dire Hum? Ça me fait peur.

— Les temps changent, dit Hum. Dès que quelqu'un déplaît, on l'accuse d'être communiste. Et on le lynche. Écoute ça, même Chaplin! Trop anglais sans doute. »

— *Mr Chaplin, partagez-vous l'opinion de M. Verdoux selon laquelle notre société contemporaine fait de nous des tueurs de masse?*

---

**9.** Il s'agit certainement d'une rediffusion ou d'un extrait de la conférence de presse donnée par Charlie Chaplin au Gotham Hotel à New York, pour la sortie de son film *Monsieur Verdoux*, en 1947.

— *Oui. Nous sommes allés si loin dans la violence avec ces engins de destruction de masse que nous avons inventés... ça crée tellement d'horreur et de peur, que nous allons engendrer une bande de névrosés...*

— *Oui, mais avez-vous des amis communistes ?*

Ils n'écoutent pas ce qu'il a à dire, ils ne veulent parler que du prétendu *communisme* de Chaplin. Je revois le Petit Vagabond au grand cœur, chassé de partout où il va, et revenant, & tapant sur les têtes des méchants & courant & fuyant & glissant & riant quand même. Le plus grand acteur, la plus grande star que l'Amérique ait connue. Dépecée, jetée aux chiens. Oh, comme je me sens proche du Petit Vagabond, celui qui fait rire et pleurer, qui prend des coups et en donne, tente de s'échapper quand même et de voler un morceau de pain pour survivre. Celui dont personne ne veut et que les méchants prennent en chasse.

Je suis montée dans ma chambre pour ne plus entendre, c'était trop douloureux. J'ai pleuré pour lui en silence. Peut-être que je suis *communiste* moi aussi.

Gare aux chiens !

\*

*C'est fait !* Je suis à peine arrivée qu'il m'a sauté dessus. Pas de discours sur Flaubert ou Dostoïevski comme avec Hummy, pas la moindre cérémonie. Clare Q. a ouvert la porte, m'a entraînée dans sa cuisine, a écarté ma culotte et m'a prise contre le frigo, puis par terre. J'ai des bleus sur les genoux et dans le bas du dos.

C'est après qu'on a parlé. Il voulait tout savoir sur Hummy et moi. Et je lui ai tout dit. Il a réclamé des détails. Il avait l'air de trouver ça excitant que mon père adoptif me baise matin et soir. Je ne sais pas pourquoi j'ai ri avec lui des manies de Hummy. Son petit râle quand il jouit, son obsession des légumes, des culottes sales, ou ses pauvres fantasmes quand il veut que je garde mes chaussettes et mes jupes d'écolière. Ça l'a fait beaucoup rire et j'en ai rajouté. Il a demandé : « Et tu as déjà fait ça avec une copine ? Je veux dire avec ton beau-père et une copine. » Alors je lui ai raconté comment Hum se garait parfois à la sortie des écoles quand nous étions en voyage et qu'il me demandait de lui toucher son *machin* (oui, c'est comme ça qu'il dit, son gros *machin !* hahaha) en regardant les filles sortir de cours depuis la voiture. Puis j'ai inventé une relation avec une fille de la colonie de vacances avant que Hum ne vienne me chercher. Il en voulait toujours plus alors j'ai fait comme pour Hum, je l'ai rendu dingue en décrivant mon petit con mouillé et les doigts de la jolie rousse qui glissaient dedans (je sais qu'une rousse ça les excite toujours, surtout si elle a la peau laiteuse et des petits seins pointus). Et il m'a sautée encore une fois sur le canapé. Il s'est retiré juste à temps et l'a sali, mais il avait l'air de s'en moquer. Il a balayé ça de la main et s'est essuyé sur l'accoudoir. On dirait qu'il se fout de tout, qu'il se croit au-dessus des lois et de la morale. Il est le Maestro.

Beurk. D'ailleurs tout est sale ici.

En allant dans la salle de bains tout à l'heure pour me passer de l'eau sur le visage, j'ai vu le peignoir et les chaussons de Clare Q., dégoûtants. Pleins de pellicules, de peaux mortes, de crasse et d'odeurs rances, j'imagine. Sa brosse à dents aux poils écrasés, son peigne où étaient accrochés des cheveux, sa serviette de bain tachée. L'envers douteux du vénéré Maestro. Et rien que pour moi !

Un haut-le-cœur et je suis ressortie. Mais ça ne veut pas dire que je le déteste.

Étrangement, je me suis aussitôt sentie bien avec Clare. Je veux dire, mieux qu'avec Gordon ou tous les gens de cette ville de merde avec

lesquels je suis obligée de jouer un personnage.
Là, je le manipulais, il me manipulait, et tout
était clair. Il vit dans un monde que je connais
par cœur, dont je maîtrise tous les codes, contrairement à Beardsley. Plus tard, il a fait le beau,
le talentueux-dramaturge-très-demandé, et m'a
parlé d'Hollywood. Il devait aller là-bas, écrire
un scénario pour un grand studio. Il serait logé
au *Bel Air* avec voiture et chauffeur. Il m'a décrit
l'hôtel et sa piscine, ses cocktails, son restaurant,
ses habitués célèbres qu'il connaît. Il a même
glissé quelques noms en riant et disant que, bien
sûr, il faisait du *name dropping*, Bette Davis, Lana
Turner, Lauren Bacall, Richard Widmark *(tu ne
sais pas qui c'est hein?)*… Mais moi aussi je l'ai
percé. Je sais bien que ce vieux cul inventerait
n'importe quoi pour me baiser encore. *Je ne suis
pas comme ma mère, à plat ventre devant lui. Oh,
Maman, j'espère que tu ne me vois pas! Que tu es là-
haut, paisible et aveugle dans le vaisseau du Christ!*

Je suis repartie comme je suis arrivée, sans un
mot, avec un petit sourire. Il pleuvait. Une pluie
fine et douce, de minuscules gouttelettes poussées
çà et là par le vent. Je me suis arrêtée dans le jardin d'enfants du campus et j'ai écarté les bras en
levant la tête au ciel. J'étais trempée, assise seule

sur une balançoire et la pluie fine et douce me lavait de toute cette saloperie. Ma détermination grandissait comme si on l'arrosait aussi, comme autrefois maman pulvérisait de l'eau minérale sur les feuilles de ses plantes pour les rendre plus fortes et plus brillantes.

Je revois Clare Q. après-demain pour une deuxième leçon privée avec la bénédiction de cette bigote de Mrs Humboldt et de la directrice qui disent que ça me fera progresser. Progresser! Elles ne savent pas à quel point, ces connes. Les gens d'ici ou d'ailleurs ont de la merde dans les yeux et ne veulent pas l'enlever. Chacun marche en mettant sa petite main devant son visage pour ne rien voir de la folie et de la beauté du monde. Comme ces chacals qui n'écoutaient pas Chaplin et répétaient *communiste, communiste.* Je le revois, mais ce sera donnant-donnant. J'ai mon idée, une idée dingue.

*Je ne suis plus une idiote:*
*J'ai quatorze ans dans un mois!*
*Jo-yeux an-ni-ver-saire Dolores!*

*

Hum s'est aperçu que je n'allais pas à mes cours de piano. Les cours que j'invente pour voir Clare. Mais je ne crois pas qu'il sache ce que je fais. Dispute, en tout cas. J'ai dit que je voyais mes copines, ça te dérange ? J'ai dit qu'il était jaloux que j'aie une vie en dehors de lui, que j'avais le droit de vivre un peu, et que, oui, j'avais eu peur de lui dire tellement il était possessif et pouvait devenir violent. Violent, moi ? Il a ri. Puis s'est remis en colère. Petite garce, tu vois des copines ou des copains ? Des copains ! Tu ne penses qu'à ça, c'est les hormones qui pensent à ta place ! J'ai dit oui ! Oui, des garçons, des vrais, jeunes et fermes ! Et je me fais sauter par tout le collège, et j'aime ça ! J'adore si tu veux savoir ! C'est toi qui m'as donné le goût de ça, rappelle-toi ! Je l'ai traité de tous les noms, et même d'impuissant et de connard, et il m'a encore menacée de m'envoyer à l'orphelinat ou en maison de correction.

Clare dit qu'il n'en a pas le pouvoir mais je sais que oui. Il a tous les droits sur moi. La police ne croira jamais qu'il me viole depuis deux ans et que je ne l'aie pas encore dénoncé. C'est ce que raconte Hum et je crois qu'il a raison. Pourquoi est-ce que je n'aurais rien dit depuis tout ce temps ? Pourquoi maintenant ? Il a raison, je le sais. Je sais aussi qu'il a tué ma mère mais, là encore, impossible à prouver. Un délire de jeune orpheline dit Hum chaque fois que je lui en parle, chaque fois qu'on se dispute. Ils m'interneront, c'est certain. Hum, la police, les médecins, les profs… Ils m'enverront à l'orphelinat ou en hôpital psychiatrique. Tout le monde aime Hum et il dira que je suis une sale gosse ingrate qui lui mène une vie impossible. Notre voisine, Mrs Feinheld dont la maison est à seulement quelques mètres, nous entend nous disputer. Elle m'entend lui crier qu'il n'est qu'un sale type, un pauvre con, tueur et profiteur et radin en plus. Lui ne se met jamais *vraiment* en colère, il a toujours cette voix cultivée, cette ironie et ces yeux furtifs qui déroutent. Il ne dénoue jamais sa cravate. Mrs Feinheld et tous les imbéciles de ma classe témoigneront contre moi. Personne ne me croira. Sauf Clare. Il est le seul à savoir, à comprendre que ça peut être vrai.

*Évidemment!*

Après la dispute de ce soir, j'ai fui la maison et je suis allée à la cabine près du collège pour l'appeler et tout lui raconter. Il a dit : « Cesse de pleurer, j'ai une solution pour toi. Une solution *amusante*. »

\*

Clare a imaginé un scénario horrible et magnifique. Ce type est fou mais il est drôle, et j'ai dit OK. J'ai donc persuadé Hum de quitter Beardsley, pour mettre en œuvre le plan de Clare. Partir le plus vite possible. Il a posé des questions. « Mais la pièce ? Tu as l'air d'y tenir tellement. Et tes amis ? Phyllis et tous ces petits gommeux que tu fréquentes ? Ce Stan qui appelait tout le temps ? Tu n'en veux plus ? Ce serait une bonne nouvelle.

— Oh, Hum, je me moque du théâtre ! Et puis mes amis ne sont pas des vrais amis, je veux dire, ils sont difficiles. Ce sont des amis parce que je suis ici et pas ailleurs, des amis de circonstance, comme tu dis. Je... je crois que je ne suis pas adaptée, ou que si je reste, je vais faire une connerie, je ne sais pas moi, tomber amoureuse d'un de ces idiots en survêtement, un de ces footballeurs ou un joueur de base-ball, tu vois. Et coucher avec lui.

— Et tu ne veux pas ? »

Il devenait ironique, se recalait dans son fauteuil pour me jauger, le menton levé. J'ai senti que je tenais la bonne pointe pour le harponner : « Non. Ils me dégoûtent. Mais si je reste plus longtemps, je finirai par m'y habituer, devenir aussi bête qu'eux, et ce qui est inévitable arrivera.

Toutes mes copines ont déjà couché avec un des gars de l'école. Ou au moins, elles en ont embrassé ou touché…

— Touché?

— Oui, tu sais bien. *Se* toucher. Dans une voiture, au cinéma ou dans un champ. Ou dans leur chambre, pendant qu'ils font semblant de faire leurs devoirs, avec leur mère en bas. Enfin, comme ça se passe d'habitude tu sais bien. Ne me pose pas toutes ces questions puisque tu sais.

— Raconte Lo, ça m'intéresse. Même Rosaline Cowan a déjà fait ça?

— Tout de suite, Rosaline Cowan! Comme s'il n'y avait pas d'autres filles que cette idiote.

— Elle l'a fait?

— Oui, elle l'a fait. Mais elle n'a pas couché. Seulement…

— Seulement, quoi?

— Oh, pas la peine, ce sont des histoires de touche-pipi de gamins. »

Je me suis assise sur ses genoux et je l'ai pris dans mes bras. Hum ne fumait pas mais il sentait le tabac. Sûrement la pipe du vieux professeur qui était venu le voir dans l'après-midi et que j'avais croisé en rentrant. J'ai posé ma tête sur son épaule, mes fesses sur ses jambes en les appuyant bien là où il fallait et j'ai dit:

« Oh, Hum, il faut reprendre nos grandes vacances, voyager avant que ça ne dégénère, aller de motel en motel comme avant. Sinon, on va se perdre. On était bien tous les deux n'est-ce pas, *Hummy Daddy ?* »

Hum s'est tu. Il me dévisageait en se demandant ce qui me donnait envie de déguerpir si soudainement et en même temps regardait mes petits cheveux sur mes tempes. Tout était devenu compliqué entre nous. Et puis il y avait ce vieux professeur qui venait le voir de plus en plus souvent, et à chaque fois Hum sortait de ces discussions avec un sourire abattu en disant qu'il faudrait peut-être partir. Des choses secrètes que je ne comprenais pas mais qui le préoccupaient.

Le soir, à la fin du dîner, la vaisselle n'était même pas faite, il me poussa dans sa chambre. Ce soir-là, il n'y est pas arrivé. Impossible. Il a essayé, essayé… Un enfer. Quand il a enfin renoncé, il avait une tête d'homme perdu. De prisonnier traqué qui se demandait où se cacher. « C'est pas grave Hum. Ça arrive, je suppose. » Il n'a pas prononcé un mot. J'allais franchir la porte pour rejoindre ma chambre quand il a enfin dit : « OK. OK, on va partir d'ici. C'est devenu irrespirable, pour toi comme pour moi. »

J'ai sauté sur le lit pour l'embrasser et j'ai dit :
« Sauf que maintenant, c'est moi qui choisis où
on va, d'accord ? Tu me laisses le guide et à moi
de décider de l'itinéraire. »

Il a ri, a dit d'accord, et du coup, ça lui a malheureusement redonné de la vigueur. Rien de
grave, j'étais heureuse. Heureuse que le projet
avec Clare puisse commencer.

Ce pauvre Hum est tombé dans le panneau. Il
est allé raconter à la directrice que des obligations
impérieuses le rappelaient dans l'Ouest, que je
devais absolument l'y accompagner, mais qu'il
n'oublierait pas cette école et cette ville *délicieuse*,
ces gens *incomparables dont vous êtes la plus émi-
nente représentante, si, si,* bref, tout ce baratin
sucré dont il est le roi !

Le roi des pigeons, oui.

Du coup, on part la semaine prochaine, et
la semaine prochaine je commencerai *à serrer la
corde autour de son cou de poulet qui me fait horreur.* Et je commencerai à vivre, à agir. Je l'em-
barque dans ce plan secret vers la destination où
il sera enfin écorché vif et pendu. J'ai déjà dit à
Clare où on irait les dix premiers jours. Clare
nous suivra, il suivra notre voiture sans jamais
nous doubler mais d'assez près pour que Hum

s'en aperçoive. Je veux que Hum devienne fou, comme Clare et moi l'avons décidé.

Qu'il se sente traqué, qu'il ait peur.

Sombre pantin, tu voulais continuer à consommer en paix *mon petit abricot*, comme tu dis, oh que c'est mignon, et enfoncer un de tes gros doigts dans *ma rose des vents*?

Tous ces petits mots élégants pour t'éviter de dire le vilain nom des orifices où tu t'introduis… Profites-en, profites-en, c'est bientôt la fin de la saison des fruits et des fleurs!

*Tu me menaçais de la maison de correction? De l'orphelinat? Moi, je t'emmène en enfer dans un chariot de pierre!*

*Je suis deux maintenant. D'ailleurs, j'ai toujours été deux, non? Même quand Clare n'était pas là.*

*Partons.*
*Jusqu'à ton dernier souffle.*
*Jusqu'à ce que je retrouve le mien.*
*J'ai besoin d'air, de danger et,*
*Je n'ai pas peur de mourir.*

\*

Des auréoles grandissent sous les bras de Hum, ses mains glissent sur le volant. Sa chemise est trempée et la voiture sent la sueur. Sauf quand je mâche des chewing-gums à la chlorophylle. Parfois je crie, un camion ou un arbre passent tout près : il ne fait pas attention, les yeux rivés sur le rétroviseur, sur la Plymouth rouge de Clare qui nous suit depuis trois jours comme le Vaisseau fantôme.

Hum tourne, Clare tourne ; Hum accélère, il accélère ; on s'arrête, il s'arrête… Un caméléon, un sparadrap. Je jubile en silence. Parfois je fais quand même la tête, pour paraître comme d'habitude, mais je jubile !

Clare est toujours là, à cinquante mètres dans notre dos. Aujourd'hui, Hum a freiné brutalement sur la nationale, en pleine campagne. Il y avait un vent fou et même la route avait l'air de s'envoler. Hum est descendu, penché dans les bourrasques, et a marché droit sur Clare qui l'a laissé venir. Quand il a été à quelques mètres, Clare a reculé, lentement, puis de plus en plus vite et a fini par faire demi-tour à l'entrée d'un champ et s'enfuir… L'autre courait, hurlait, balançait ses poings dans le vide en battant l'air comme s'il boxait le vent. Quel comique ! J'avais presque pitié de lui. Quand il est revenu soufflant et suant, j'ai demandé ce qui lui prenait. Il a fait diversion. « Je deviens gaga, c'est rien. »

Il a peur, il souffre en silence. C'est à son tour de souffrir en silence. Oh Hummy, on va s'arrêter bientôt. À la prochaine ville, et tu vas pouvoir te reposer.

À la station-service, j'ai fait semblant d'aller aux toilettes et j'ai laissé un message au motel de Clare pour lui dire que demain nous irions à Huntington, *Seven Oaks Hotel*, par la route de la Teays Valley. *Ahahah!*

Et le lendemain tout a recommencé.

La voiture fantôme.

La traque, le désarroi, l'agitation et la confusion.

Une tempête, en lui, qui ne finit pas.

Il est dans les vagues, sur son radeau minuscule, il m'emporte comme un pirate qui vient de voler un trésor et se demande s'il va toucher terre un jour.

Cette fois, la route zigzague dans les collines, nous filons vers l'Iowa et le temps est magnifique. Hollywood s'approche doucement. Très doucement. Je joue au jeu auquel il jouait avec moi autrefois. Je lui montre les arbres, les vaches, les fermes sous un ciel si bleu qu'on le croirait faux, accroché par un peintre au-dessus de nous, mais Hum ne veut rien voir.

« Si tu me montres encore une vache, je vais vomir ! Je veux juste un peu de civilisation, enfin, ce qu'on appelle civilisation dans ce pays. Des gens, une ville, des librairies, même avec des livres stupides. »

Par l'œil cruel d'un aigle, je nous vois du ciel. Je vois notre petite auto, minuscule souris sur un long ruban gris. Et à l'intérieur, nos cœurs serrés. Pour des raisons différentes, mais serrés dans la même histoire. Un homme enlève une jeune fille et fuit, il fuit en espérant la garder et en jouir encore & encore. La jeune fille veut sauter de la voiture, sauter du monde de l'homme, mais elle est perdue dans l'immensité des champs, des montagnes et des villes sans amis. Elle reste donc là, mais elle élabore d'autres plans, enfermée qu'elle est avec l'homme dans cette coquille de tôle qui appartient à sa mère morte.

Voilà comment je nous vois désormais avec mon œil d'aigle cruel & déterminé. Et j'entretiens l'obsession de Hum comme maman entretenait les chromes de cette voiture. Avec douceur.

*Je regarde le profil de l'homme qui conduit et je pense : désormais tu travailles pour moi, rappelle-toi, tu travailles pour moi et tu ne m'échapperas pas.* C'est comme si je rétrécissais ses vêtements et sa peau, son champ de vision. Il ne voit plus que ça et ne pense plus qu'à ça : la Plymouth rouge.

Et quand il croit être enfin tranquille, qu'il se détend et reprend ses petites blagues et ses commentaires sur la campagne américaine... La Plymouth rouge apparaît, puis disparaît et ressurgit deux heures plus tard au coin d'une route de forêt. Clare est comme moi, un génie de la carte routière et des guides hôteliers ! Hum ne pense même plus que c'est la police qui tente de le prendre sur le fait en train de me caresser les seins au volant, mais un démon sortant çà et là des entrailles de la terre pour le tourmenter et le montrer du doigt.

S'il savait que c'est *mon* démon, que c'est *moi* qui l'ai créé et convoqué ! Et puis non, après tout, c'est lui qui a créé ce Clare avec sa queue retournée et ses petits sabots, c'est lui qui m'a enlevée. Sa folie le traque, avec sous le nez cette petite moustache blonde. *Blonde à vomir.*

\*

Clare a escaladé le talus à une vitesse folle et plongé par-dessus le mur comme s'il avait mon âge. La dernière chose que j'ai vue de lui : le haut de ses fesses blanches au-dessus de son pantalon.

Hum l'a surpris caché derrière un buisson, au bord du court où je jouais au tennis avec Lara, la fille des propriétaires de cet hôtel de luxe, à Champion, Colorado. C'est Clare qui avait insisté pour venir et j'avais fini par dire oui. Je sais pourquoi les hommes aiment me voir jouer et je l'ai déjà dit : ces minijupes blanches qui flottent et découvrent mes fesses à peine couvertes, des fesses qui transpirent et courent de long en large. Alors j'en rajoute, je me penche en attendant le service de l'autre, je saute en tournant sur moi. Mais quand j'y repense, ça me tue à petit feu.

Au milieu du jeu, Hum est apparu là-haut sur la terrasse de l'hôtel, et a vu Clare en contrebas, assis derrière moi sur le talus. Il a crié et bondi comme propulsé par la morsure d'une armée de punaises surgies d'un matelas pourri. Ils ont couru, couru. Deux bonobos en émoi, montrant les dents. Je les entendais presque faire *Ouh Ouh* dans cette jungle en se frappant la poitrine. C'était tellement comique ! Singes humains, et moi petite guenon.

J'ai hâte que tout cela se dénoue.

En attendant, je passe le peu de temps que j'ai ici avec Lara. Hum m'y autorise. Nous nous promenons dans le jardin privé. J'aime l'odeur de la terre retournée, de l'herbe coupée, et celle de l'humus après la pluie. Il y a des roses trémières et des parterres d'iris. Les iris sont bleus ou violets, et on dirait qu'au centre de leur corolle les étamines jaillissent et explosent dans l'air comme de petits météores de soleil jaune.

Lara ne voit plus rien de tout ça, elle me parle de sa vie et de la mienne. Elle se compare. Je tente de lui dire que sa vie est magnifique mais elle n'entend pas. Elle a de grands yeux noirs, une robe en crêpe ivoire, un père, une mère, et dit qu'elle aimerait voyager comme moi, ne pas être coincée dans cet hôtel qu'elle adore, mais quand même *coincée*. « Tu as la belle vie Dolores, les grands espaces, ne rien faire, pas d'école, rouler d'hôtel en hôtel, et voir bientôt le Pacifique, les collines d'Hollywood, ne pas rester ici toute ta vie, comme moi… le rêve! N'est-ce pas, Dolores? »

Ses grands yeux noirs regardent au loin derrière la ligne des arbres qui encerclent l'hôtel.

Je dis oui, le rêve. Et je souris avec elle, pour qu'on soit ensemble au moins un instant. Juste pour être *avec elle*, dans ce jardin de rêve. Que je quitterai demain, pour toujours.

\*

Quatorze ans aujourd'hui. Mon gâteau d'anniversaire avait de la crème… et des poils. *Hahaha!*

\*

La pluie. Fine, régulière. Et un ciel gris sans fin, comme un couvercle. Nous sommes dans une cabane en rondins, un mini-village très chic qui s'appelle *Silver Spur Court*, au bord d'un lac près d'Elphinstone. Clare est caché juste à côté, au *Ponderosa Lodge*.

*C'est le moment.*

Pour ne pas mentir totalement, je suis sortie sous la pluie, sans pardessus, les cheveux dénoués. Un moment délicieux. Hum écoutait la radio, une de ces émissions où on parle des heures pour ne rien dire. Mais ça le fait ricaner. J'ai marché sur la berge jusqu'aux faubourgs de la ville. Petite ville très propre, moderne et anonyme, avec des débarcadères sur le lac et des voiliers tristes sous la pluie. Des familles en ciré, des touristes déçus et désœuvrés. Puis j'ai appelé Clare.

*Oui, c'est le moment de tomber malade.*

J'ai eu froid mais j'ai continué. Un grand tour avant de revenir me sécher les cheveux et ôter mes vêtements trempés avant de passer un pull-over chaud. Je claquais des dents. Hum a hurlé, mais je m'en moque, il a voulu me frotter avec une serviette de bain. Il joue au père modèle alors que la libération est proche.

Je suis au lit. J'attends la fièvre, je la sens qui monte. Les murs commencent à trembler, le sol à bouger. J'ai chaud, j'ai froid. Hum est allé en ville chercher de quoi dîner. Merveilleux moment de silence. Me sentir dans mon lit comme dans un bateau qui tangue doucement. Tous les sons paraissent lointains. Il a rapporté du sirop et m'a fait un bouillon. Je n'ai rien pu avaler.

À côté de moi, dans le miroir de l'armoire, ma sœur jumelle. Éclairée par la petite lampe de chevet, juste le visage qui dépasse des draps dans un rond de lumière comme un acteur sur scène. Je lui dis qu'il n'y a pas de danger, que tout se passera bien. Rien ne peut être pire que cette course sans fin, grise comme le ciel, ces grandes vacances sans rentrée, cette cabane en rondins et sa cheminée qui fume avec cet homme inconnu dans le fauteuil écossais, un plaid sur ses genoux. *La vie va continuer, et cette fois je vais la secouer, la secouer jusqu'à ce qu'elle pétille!* Je le jure à ma sœur avant d'éteindre la lumière. *Ne t'en fais pas.* Elle me fait un clin d'œil et je suis contente, *tellement contente!*

\*

*J'aimerais rester à l'hôpital toute ma vie.* Ça
sent bon le détergent, les draps sont blancs,
rêches, amicaux, et pour la première fois depuis
presque deux ans, je dors seule, assurée d'être
seule jusqu'au matin. Personne ne me touche.
Hum a tenté de coucher ici mais ils l'ont viré.
Il a insisté : un lit d'appoint, un lit de camp, un
fauteuil. Mais non. La famille n'est pas admise.
L'hôpital est très strict sur ce point.

Heureusement, il est tombé malade lui
aussi et ses visites sont de plus en plus courtes.
Il m'a apporté des livres : *Martin Eden, Feuilles
d'herbe...* des livres avec de la testostérone dedans
a-t-il dit en riant et en toussant. Décidément, ses
goûts changent. Il est reparti les yeux écarquil-
lés et la langue lui sortant de la bouche. Pauvre
Hum ! Ce soir, le médecin m'a dit que je pourrais
sortir bientôt. Il a ajouté : c'est une bonne nouvelle. Tu parles ! Il ne sait pas que je vais crever si
je sors trop tôt.

Il faut que je fasse vite.

Je suis descendue dans le hall en pyjama et j'ai
appelé Clare depuis la cabine. Je l'ai décidé. Ça a
été facile. Je suis devenue douée pour décider les
hommes. Je ne suis d'ailleurs douée que pour ça,

non ? Non, je suis aussi douée pour aimer, si on m'en donne l'occasion. Par exemple, j'aime aussi les draps rêches et amicaux des hôpitaux, ahahah. Et puis je lis de la poésie.

*

Pauvre Hum. Quand il a refermé la porte de ma chambre d'hôpital, il ne savait pas que c'était la dernière fois qu'il me voyait. Clare vient à l'aube et on file en Californie. Bye-bye Hummy ! *Ça m'a presque fait de la peine de t'entendre dire à demain de ta petite voix malade avec un signe de la main et un sourire.*

Il m'avait gentiment apporté toutes les affaires que je lui avais demandées. Les robes, les chaussures qu'il m'avait offertes. J'ai revu tous ces magasins, ces villes, ces hôtels où nous sommes passés depuis deux ans et j'ai failli lui dire *reste…* Reste je suis guérie, je rentre avec toi dans notre cabane, repartons… Je me demande pourquoi j'ai soudain pitié de lui alors que c'est moi qui ai tout arrangé avec Clare. Je ne comprends pas. J'ai peur sans doute.

IV

# LE PRINCE-PIANISTE
# (OCTOBRE 1950 - FÉVRIER 1951)

Une fosse à serpents, à l'arrière de la maison, sous la verrière de l'orangeraie. Clare allume un à un les projecteurs et l'immense aquarium s'illumine. La nuit est profonde et c'est la première chose qu'il veut me montrer de sa maison. Son *manoir*, dit-il, même s'il n'est pas vraiment à lui. À nos pieds, juste en dessous, un boa tend et détend ses anneaux, très lentement, sur un parterre de branches sèches, comme polies. Là-bas, d'autres serpents encore, plus petits mais plus dangereux, blottis contre le carrelage vert d'eau. Ça grouille. Clare ne dit rien, il admire la puissance. Ou le danger. Des vitres encerclent la fosse mais ça pue. Une odeur écœurante de fiente, de déjections et de rats morts.

Oh, je n'aimerais pas tomber là-dedans !
« C'est là où on jette les petites souris comme

toi quand elles ne sont pas sages », dit Clare. Il se met à rire puis illumine le jardin. Quelques lampes éclairent de gros oiseaux, des paons, plus loin des flamants roses dorment dans une immense volière. Je n'en ai vu que dans des livres. J'entends d'autres oiseaux mais je ne les vois pas. « Ma ménagerie, dit-il, et maintenant, la piscine où tu vas pouvoir nager et bronzer. » En contrebas, la piscine s'éclaire, bleu ciel, en forme de rein ou de haricot avec un arc de marches blanches qui descend en pente douce jusqu'au fond. Des chaises longues et des parasols refermés dans la nuit, comme des chandeliers éteints.

Clare me prend délicatement la taille et m'entraîne dans la maison par la porte de derrière. C'est déjà allumé, ça sent le tabac, il y a des bouteilles d'alcool et des verres vides partout, dans la cuisine et jusque sur le piano à queue du salon. Un piano blanc, somptueux. Clare crie : « Je suis là, y'a quelqu'un ? » Personne ne répond. On est dans une pièce immense, très haute de plafond, pleine de fauteuils et de canapés en velours bleu nuit d'où part un escalier monumental qui donne sur les galeries intérieures du premier étage. Tout est en bois ouvragé, sculpté et peint, même les murs. Tout a l'air d'avoir mille ans, le bois des rampes et des meubles poli par des générations d'ancêtres.

Il me tire et me plante devant un ours empaillé, un grizzli gigantesque, dressé sur ses pattes arrière, toutes dents et griffes dehors. Il est plein de poussière, pelé sur le poitrail. « Je te présente Albert, dit Clare, il est mort depuis plus de cent ans, à l'époque où il n'y avait ici que du sable et de la terre stérile, et puis quelques missionnaires espagnols et des Indiens Shoshones. Avant la ruée vers l'or et l'explosion infâme de cette ville (il prononce *infââââme* avec un geste théâtral, comme s'il y avait un public). Il a été tué dans les Rocheuses, dans l'ouest de l'Utah, par des trafiquants de fourrure allemands. Et mon arrière-arrière-grand-père a demandé qu'on l'empaille pour impressionner ses clients. Il avait assez de fourrure comme ça, la chasse avait été bonne. C'était un très bon tireur et un négociant hors pair. Comparé à lui, je ne suis rien. Un peu chasseur peut-être, mais je ne m'intéresse pas au même gibier, ma cocotte. »

Il y a encore, aux murs ou sur les meubles, d'autres animaux morts, des faisans, des perdrix, des têtes de buffles africains ou des pieds d'éléphants qui servent de sièges... Clare ne dit rien.

Il se sert du bourbon dans un verre sale. Je le regarde faire : il est rond, ne ressemble à rien, mais il a une force et une résistance étonnantes. Moi, je suis épuisée par cinq jours de route et quelques vagues heures de mauvais sommeil dans la voiture, sur le bas-côté, et je sens encore dans mes os les vibrations du moteur.

Je fais ma crétine mijaurée :

« Oh, peut-être que je suis ton nouvel animal ? Tu ne vas pas m'empailler moi aussi, ou me mettre dans… dans un aquarium ? »

Il rit.

« Peut-être ! Allez, maintenant, au lit. »

Il a monté ma valise dans une chambre gigantesque, tapissée de papier à fleurs bleues et blanches. Je m'attendais à ce qu'il me jette sur le lit, me déshabille, mais il a dit : à demain et m'a laissée seule. J'ai ouvert les placards vides, exploré la salle de bains vide aussi, puis je me suis assise sur le lit et j'ai pensé à Hum, à maman et à mon père que je n'ai vu qu'en photo sur un buffet à Ramsdale. J'ai aussi pensé à Stanislas et à ma copine Phyllis que j'ai aimés, à mes amies de l'école primaire et même à cette pauvre Lara *coincée* dans son jardin… à tous ceux que j'avais connus ou croisés depuis ma naissance et que je ne reverrais plus. Soudain, je me suis sentie seule et vide au milieu de cette chambre inconnue dans la nuit de Californie, je me suis sentie traversée par tout ça, ce grand vent de souvenirs et d'amours morts.

Ma nouvelle vie a commencé dans cette solitude-là.

*

Maman joue du piano, elle joue merveilleusement bien, mieux qu'elle n'a jamais su jouer. Ses mains sont longues, expertes et agiles sur les touches d'ivoire noires et blanches. Le piano est dans le jardin de Ramsdale, elle est assise, penchée sur le clavier et me sourit. Peu à peu mais à une vitesse folle, les plantes du jardin enserrent son corps mais ses mains continuent à jouer. Elles sortent maintenant des feuilles, ornées de bagues et de bracelets, comme les branches vivantes d'un arbre mangé par le lierre ou le houx. On ne distingue plus son visage ni son corps, la végétation s'attaque au piano. La musique est forte, de plus en plus forte, les mains frappent, les doigts jouent, dansent comme si c'était le final d'un concerto fou. Un huissier vient, emporte le piano et le buisson aux mains agiles le suit, tente de le

retenir, et joue, joue de plus en plus désespérément. À travers le lierre, maman me dit très distinctement : *c'est à cette heure-ci que tu rentres ?*
*Hein ?* Elle va me punir. *Oh maman, je ne veux*
*pas, ce n'est pas de ma faute.* Je pleure.

C'est d'en bas que vient le son. Je reste un
moment allongée, immobile, puis j'ouvre les
yeux et reconnais la chambre aux fleurs bleues et
blanches. Il fait jour et un grand soleil filtre au-
dessus des rideaux. Maman est morte. Je pleure
sans bruit. Le piano sonne encore un instant et
le morceau s'arrête. Il y a des sons, des voix, je
distingue celle de Clare qui déclame je ne sais
quoi. Une femme s'écrie : *Oh, Jésus, encore un de*
*tes tours !*

*Lolita !* Sur le corridor en surplomb. Le salon
est plein de monde, d'hommes et de femmes, au
moins une dizaine, certains debout, d'autres dans
les fauteuils. Au milieu, une table où on vient de
déjeuner. Des assiettes sales, des verres encore à
demi pleins. Le grizzli est toujours dans la même
position mais tous s'en moquent. L'homme assis
devant le piano s'apprête à jouer de nouveau mais
il me voit et s'interrompt. Je vois juste ses beaux
yeux. Et ses cheveux un peu longs qui bouclent

sur son front. Clare lève la tête à son tour et crie :
« *Lolita !* Descends ma chérie. Il est au moins
deux heures de l'après-midi. Va dans la cuisine,
Martha va te préparer ton déjeuner. »

Et aux autres : *je vous présente ma nouvelle
petite-nièce, Lolita. Certaines ont du souci à se
faire, si vous voyez ce que je veux dire !*

*

*Le manoir de Clare.* Le soleil entre par les
hautes fenêtres, filtré par les persiennes closes.
De fines rayures de lumière sur les tapis maro-
cains ou persans. Je suis enfin seule et j'explore
le luxueux salon, je ne marche pas sur les rayures
de lumière, comme quand j'étais petite. *J'imagine
que c'est là la forme que prend l'argent quand il
ruisselle :* des meubles sans âge en bois sculpté,
presque noirs et polis à force d'avoir été lustrés
par des femmes comme ma mère, des canapés
de velours bleus et vieux vert usés par des générations de sévères rombières chargées de bijoux
et de préjugés, des vases si compliqués que je
ne comprends même pas comment ils tiennent
debout, remplis de fleurs séchées ou de bouquets
frais cueillis ce matin, des bibelots précieux,
ouvragés et volés à des tribus massacrées par

nos arrière-arrière-grands-parents, des tableaux de famille où des ancêtres pâles aux yeux vides jugent notre époque inepte et dépensière, et enfin des bars en cuivre usés derrière lesquels, sur des étagères, flambent des dizaines de bouteilles d'alcools et où brillent des verres en cristal français.

*Oh mon Dieu, oui, c'est la forme du vieil argent, comme je ne l'ai jamais vue, ni même soupçonnée.* Je crois un instant que tout est à moi, pour moi, mais non. Je découvre tout ça : ça m'émerveille et ça m'effraie. J'ai peur de ce qui se passe ici. Je ne devrais pas ? Hum avait l'esprit, Clare a la fortune. Je pouvais encore manipuler Hum, mais Clare ? Au milieu de tout ça il y a moi, pauvre et toute neuve. *Si pauvre.* Je le sens, je suis comme écrasée. Oh moi, Dolores, et même moi, Lolita, je ne suis rien comparée à tout ça, la puissance de l'argent, celle des désirs, tous réalisables, tous éphémères. Caprices. Pas des caprices comme les miens, non, toujours d'autres. Toujours satisfaits, toujours renouvelés.

*Et je fais quoi ici, au juste ? Pourquoi est-ce que je suis là, dans ce château ? Est-ce celui d'un prince ? De Barbe-Bleue ? Je vais finir comme les autres, égorgée dans une chambre secrète !*

La bonne entre, elle porte une sorte de saladier ouvragé en argent qu'elle pose sur la table. Il

est rempli de fruits, d'oranges et de pommes surmontées d'une grappe de raisin grenat. Elle me
regarde à peine. Je sais à quel point je suis banale,
une fille de province, et pour la première fois je
porte ça en moi comme un poids qui me rend
gauche et stupide. Mais je réussirai à dompter
ce monde-ci comme j'ai dompté celui de Hum.
Je réussirai parce que je suis faite pour ça. Hum
m'a éduquée en quelque sorte, il a durci ma peau
comme une de ces vieilles armures que portaient
les conquérants d'autrefois et qu'il y a ici dans
l'escalier. Hummy, mon maître en mensonge et
en manipulation. J'étudie, j'observe et je m'en
tire. À chaque fois. Je ne montre pas mes émotions. Jamais. Je préfère que ma poupée pleure
à ma place, ou ma jumelle bien-aimée dans le
miroir.

En attendant, j'ai l'impression d'être comme
un de ces bouquets de fleurs, chargés de vie et de
couleurs, que vient d'apporter la bonne et qu'elle
étire, étale et dispose dans ce vase années 30 :
belle à regarder tant qu'on me donne de l'eau.
Je ne sais pourquoi, mais en voyant toute cette
richesse si ancienne, si ridée, je comprends que
Clare ait besoin de moi. C'est ma force. C'est
aussi ma faiblesse. Un jour, une autre fera
mieux l'affaire quand je commencerai à faner,

c'est-à-dire bientôt pour des hommes comme Hum et Clare. J'ai presque quinze ans. L'âge de l'acné, du corps qui s'épaissit, joue au yoyo, l'âge de s'habiller n'importe comment et de sortir avec les copains de lycée en hurlant et en riant aux blagues idiotes. Celui d'avoir un amoureux, gentil et timide, qui porte une casquette marquée *Dodgers* et est un crack au base-ball.

Je sais que je n'aurai droit à rien de tout ça. Je suis en territoire confortable, magnifique et hostile. Il faudra me battre seule. Et peut-être mourir seule. J'y suis prête.

*Ne t'inquiète pas, pose-toi au milieu de ce salon monumental. Tu vas y arriver. Tu es programmée pour ça. Combien Barbe-Bleue avait-il de femmes, au fait?*

\*

*Pas n'importe quel restaurant,* celui où chacun s'observe. Celui qui ressemble à un théâtre avec de lourds rideaux de velours pourpre et des chandeliers. Nous sommes entrés en scène dans la lumière tamisée du vestibule, costumés et poudrés. Clare portant un veston crème et un nœud papillon ivoire, des boutons de manchettes en or gravés à ses initiales. Et moi, une robe du soir en coton d'Égypte noir brodé et à haut col doublé d'astrakan. Ma première robe du soir. Tellement serrée en bas qu'elle me fait faire de tout petits pas dans mes escarpins à talons hauts. Nous voici à la table retenue. Nappe blanche, couverts en argent et je ne sais combien de verres entre nous qui emprisonnent la lumière des bougies. Tout danse, feutré et rassurant.

Clare est délicat, attentionné. Il lit le menu, me conseille, et commente : « La table là-bas, avec W, le vieil idiot aux cheveux blancs, un patron de studio et ses associés. Et puis leurs femmes. Enfin, non, des femmes. Ce couple, une ancienne actrice tombée en disgrâce et son micheton de trente ans de moins qu'elle. Elle a une maison, ou plutôt un château *gi-gan-tesque* à Bel Air, dont le toit est percé et où les peintures s'écaillent. Elle vient dans ce restaurant hors de prix pour se montrer, comme tout le monde, montrer qu'elle existe encore mais elle n'en a plus vraiment les moyens. Ça doit lui coûter, la pauvre, c'était une bonne actrice. Elle n'a pas fait les bons choix. Là-bas encore, ce joueur de base-ball célèbre et deux coéquipiers bruyants, des baiseurs en chasse, et d'autres encore… » Clare rit, raconte des histoires et des ragots bien plus savoureux que ceux de *Photoplay*. Tiens, ça fait un bon moment que je ne lis plus ces revues, mais ça m'amuse toujours. Des hommes et des femmes passent le voir en entrant ou en sortant, il est spirituel, raffiné et si policé dans la lumière douce des bougies. À chaque fois, il me présente par mon nom, avec chaleur mais sans autre commentaire. Je ne suis ni sa *belle-fille* ni sa *nièce* et je salue de la tête, trop intimidée pour oser parler.

Pendant le repas, ses mains volent de bouteille en salière et il me regarde enfin. Je veux dire, il me regarde comme si j'étais quelqu'un d'important, quelqu'un qui ne lui appartient pas et qu'il voudrait séduire. Il promet de me montrer son bureau au studio, même s'il travaille maintenant chez lui, chez nous, corrige-t-il en souriant comme si ça lui faisait plaisir. Il raconte des anecdotes de tournage, ses scénarios et les remarques stupides des producteurs qui veulent absolument mettre la fin de l'histoire au début quand il y a un meurtre ou une scène violente. C'est pour accrocher, mon coco, accrocher le péquin de l'Arkansas ! C'est tout ce qui compte.

Le vin me tourne un peu la tête mais je suis bien. Même Hum ne m'a jamais traitée comme ça. Il faut dire que j'étais encore une petite fille. J'ai le sentiment d'avoir changé de statut, d'avoir pris des années en quelques semaines et que nous sommes dans un bain, sombre et doux, où je me métamorphose en quelque chose qui ressemble à une femme, à un être humain. Quelqu'un qu'on respecte, qu'on écoute et à qui on parle vraiment.

Nous sommes au dessert quand un homme s'approche et salue Clare, comme d'autres. Mais celui-ci se penche sur lui, l'accapare, lui parle de gens que je ne connais pas. Je comprends qu'il veut que Clare insiste auprès d'un producteur pour qu'il obtienne un rôle. Clare lui dit encore qu'il a déjà essayé, que c'est impossible, qu'il n'a aucun pouvoir, mais l'homme ne s'en va pas, il est ivre. Soudain, il me regarde, découvre mon existence et dit *Oh oh! Pardon, je ne vous ai même pas saluée! Enchanté!* Il contourne la table, demande à Clare *c'est ta nouvelle poule?* et vient d'un coup m'embrasser sur la joue, cherche mes lèvres, me prend le visage dans ses mains quand je le détourne. Clare crie: ça suffit! Je me suis levée, un verre s'est renversé et des couverts sont tombés. Clare l'attrape par l'épaule, le tire. Les serveurs accourent et on escorte l'homme saoul vers la sortie pendant que nous nous rasseyons. Le restaurant est silencieux, tout le monde nous regarde, puis les visages se détournent et les conversations reprennent.

Je les imagine : *qui est cette fille avec Clare Q. ? Sa nouvelle poule !*

Cette nuit-là, Clare Q. ne m'a pas touchée, il m'a raccompagnée jusqu'à la porte de ma chambre en tendant la main et en disant : *mademoiselle.*

Mademoiselle !

\*

*Peut-être parce que je l'ai vu en premier,* peut-être aussi parce qu'il est jeune et a les cheveux qui lui descendent dans le cou, retombent sur le col de ses chemises amidonnées, et des yeux noirs où on se perd comme dans une nuit. Peut-être pour une autre raison inconnue de moi, j'aime beaucoup le pianiste, qui d'ailleurs n'est pas pianiste mais acteur. Acteur au chômage, apparemment. Des figurations, des silhouettes pour gagner quelques dollars. Je ne sais pas quels sont ses rapports avec Clare, mais il semble que Clare tienne le pianiste dans sa main. Il lui a peut-être prêté de l'argent ou promis un rôle, ou quelque chose d'autre encore.

Je vois souvent le pianiste. Il habite à côté, à dix minutes, en bas de la colline où est planté ce manoir. Il a des yeux fiévreux, il parle peu.

On dirait qu'il n'est jamais tranquille, qu'il se moque totalement du monde dans lequel il vit et qu'en même temps il en jouit. Une sorte de prince, de danseur, qui aurait tout, alors que je sais qu'il n'a plus rien ou presque. Il ne lui reste qu'une ancienne maison espagnole, une hacienda qui tombe en ruine, une voiture cabossée et ses amis, ou plutôt les relations de ses parents morts il y a cinq ans dans un accident de la route. Une ancienne famille fortunée de Los Angeles. Clare et les gens du manoir sont jaloux de lui.

Il vient ici presque chaque jour dans une énorme décapotable vert amande aux sièges de cuir rouge craquelés par le soleil, et aujourd'hui, il m'emmène faire un tour. Clare est d'accord, même s'il voit que je suis un peu trop excitée à l'idée de cette balade. Oui, il tient le pianiste dans sa main et le pianiste le sait. Peut-être même que ça l'excite aussi que je me promène avec cet homme. Clare est si étrange. Il m'a même demandé de me changer pour m'habiller plus court et plus décolleté : on ne va pas en ville comme ça, avec un vieux jean et un tee-shirt ! Sûr, ça doit l'exciter d'imaginer des choses, de se mettre en danger.

Le pianiste klaxonne, s'impatiente.

Oh ! j'arrive, je suis prête, je descends… Dès qu'on a franchi la grille, je m'arrange pour me glisser juste à côté de lui sur la banquette avant qui me brûle les cuisses. Le pianiste est soudain très timide. Et moi aussi. Je veux voir la mer, je ne suis pas sortie d'ici depuis que je suis arrivée il y a plus d'une semaine. La voiture file sur les avenues et les routes qui serpentent le long des collines. Je renverse la tête et les palmiers touchent le ciel. Le pianiste conduit d'une main nonchalante, comme un prince, une main magnifique ornée d'une chevalière en or. Il a le bras droit posé sur mon dossier juste derrière mon cou et j'ai des frissons quand ma nuque le frôle. Il m'emmène au ponton de Santa Monica par la Pacific Coast Highway, la plus belle route du monde, dit-il, celle qui longe les vagues de l'océan et brille au soleil de Los Angeles, l'ultime route de l'Occident. De l'autre côté, dit-il encore, à des milliers de kilomètres derrière les courants, les îles et les tempêtes, c'est Hiroshima. La folie des hommes qui bientôt détruira le monde. Allons nous amuser pendant qu'il est encore temps, dit le pianiste, allons faire de dérisoires tours de roue dans les manèges de Santa Monica et manger les délicieuses glaces à la vanille du monde libre, celles des vainqueurs, avec des petits drapeaux américains en papier plantés dessus.

*Oh oui, le prince-pianiste est sombre! Et je l'aime comme ça, sombre et ironique et si... si exalté!*

Et alors, au milieu des cris des enfants, au milieu des embruns qui forment des arcs-en-ciel, au sommet de la grande roue au bord de la mer d'où on voit l'immense ville bâtie sur du sable, alors, alors, il prend mes mains dans les siennes et les caresse enfin. Il caresse mes bras nus, mon cou, passe un doigt sur mes lèvres qui s'ouvrent et s'écartent. Je le regarde et mes yeux se ferment dans l'attente d'un baiser, oui, je crois que c'est comme ça qu'on fait et je ne peux m'en empêcher. J'attends, la roue tourne. Mais rien ne vient. Le prince-pianiste a peut-être peur. Et moi aussi soudain, j'ai peur de le décevoir. Honte de m'être dévoilée. Peut-être que je ne suis pour lui qu'une gamine. Je lui prouverai que non. Il ne sait pas. La roue tourne encore, j'évite de le regarder et je commente ce que je vois pour faire diversion. Bientôt nous sommes au sol et il faut descendre.

Oh, je le veux tellement. Comme c'est facile de tomber amoureuse, n'est-ce pas? Vouloir aimer et être aimée. Oublier les amours passées, les noms, les visages, et se donner totalement

au présent, au proche avenir. C'est l'essence de
la vie et ce n'est pas triste, au contraire : c'est la
beauté de l'existence. Cette légèreté qui la rend
si précieuse.

*Je suis la bague de chair qui couronnera un
jour le prince-pianiste. Je m'assoirai sur lui et le
sacrerai. Je suis sa vie véritable, comme il est la
mienne. Oh, il ne sait pas encore, mais moi, je
sais, je sens !*

Après une promenade sur la plage, quelques
courses-poursuites les pieds dans l'eau glacée, il
m'a ramenée chez Clare dans l'air doux d'une
fin d'après-midi où tout était en suspens. En
montant les dernières collines, j'avais l'impression de nager dans l'orange et le rose du coucher
de soleil. La première étoile à l'horizon, comme
un petit luminaire fragile accroché au-dessus des
canyons. Comme ils sont impressionnants ici,
ces couchers de soleil ! Le prince-pianiste dit que
c'est à cause de l'océan, des minuscules gouttes
d'eau en suspension qui emprisonnent la lumière
rouge des derniers rayons. Le prince-pianiste sait
tant de choses ! En arrêtant la voiture devant les
marches de la maison, il m'a fait une bise sur
la joue. J'aurais aimé qu'elle soit plus appuyée
mais je ne suis peut-être qu'une adolescente qu'il

sort pour être agréable à son ami Clare qui, lui, n'a pas le temps. À demain ? Je ne sais pas, peut-être… enfin, si tu veux. Oui, peut-être. J'ai fait bouffer mes cheveux pour avoir l'air plus vieille et j'ai grimpé les marches du perron sans me retourner. Je l'ai entendu redémarrer pour rejoindre son hacienda, et peut-être des amis et des filles plus âgées avec qui il sort le soir.

Moi, je n'ai que la permission de l'après-midi.

Ce n'est pas la même chose qu'avec Stanislas, mais je suis dingue de lui. D'une manière différente. J'ai l'impression qu'avec lui je serais enfin grande, enfin adulte. Je sens qu'il y a une vie différente de ce que je connais derrière tout ça, dans le halo qui entoure le prince-pianiste. Une vie pleine et exaltante, à la fois pauvre et riche où tout brûle jusqu'au bout, et où rien n'est jamais laissé aux regrets.

Une vie où on fait l'amour en se donnant, sans contorsions érotiques, sans bites à sucer.

À l'intérieur, j'ai retrouvé Clare. Son œil soupçonneux et excité toute la soirée. Cette nuit-là, il ne m'a presque pas laissée dormir, mais je m'en moque. Clare était loin, très loin de moi. Il l'a peut-être senti, j'ai peut-être murmuré un nom, un prénom.

Le prince-pianiste s'appelle Wilco.

*

Clare passe toutes ses journées à écrire et à
s'énerver au téléphone. Le soir, quand les gens
du jour s'en vont, ceux de la nuit arrivent et ils
boivent. Les gens du jour sont très polis, ils sont
aux ordres de Clare. Ils parlent bas, prennent des
notes, font des croquis. Clare travaille vraiment
pour les studios, ce n'était pas un mensonge. Il
écrit des films. Les gens de la nuit crient et me
caressent les fesses à chaque fois qu'ils le peuvent.
Pas les femmes, mais elles sont pires encore.
Jalouses et pinçantes, pleines à ras bord de *Oh
mon Dieu !* Comme si ça débordait d'elles dès
qu'elles ouvrent la bouche.

Clare règne sur son monde comme un ogre.
Ça fait maintenant un mois et demi que je suis
ici, le restaurant aux chandeliers magiques est
loin. Je ne suis plus *mademoiselle* et il m'oblige
à veiller avec eux, à danser parfois quand ils
font marcher le phono. Je suis si fatiguée qu'il a
demandé à un des hommes, qui est docteur, de
me prescrire des pilules. Elles sont vertes. Quand
j'en prends, je me sens mieux, la fatigue s'envole.
Les premières fois, j'ai vomi mais maintenant,
ça va. Le problème, c'est qu'après je ne peux
plus dormir et que le docteur a dû me donner

d'autres pilules, des bleues, qui me plongent dans un sommeil profond. J'alterne. Les vertes, puis les bleues, puis encore les vertes au réveil.

*Je fais partie de la maison maintenant.*

Je suis *la nièce officielle* de Clare et personne ne me manque de respect. J'ai même compris que les gens me craignent. Sauf Jenny, une grande femme, ancienne actrice du muet, qui m'a dit en souriant pour me faire peur : *Oh ma chérie, tu sais les nièces, ça se troue et ça se jette comme des chaussettes !*

Moi je m'en fous, je veux juste qu'on m'accepte et qu'on me respecte, peu importe combien de temps. J'ai la peau dure maintenant, sauf avec Wilco qui me bouleverse toujours. L'autre soir, les invités s'amusaient avec les serpents. Dans le jardin, les paons font la roue, mais la plupart du temps, ils portent leurs plumes comme un lourd fardeau qui traîne derrière eux, une sorte de gros balai de paille noire. Clare a sorti un boa de l'aquarium et l'a pris dans ses mains. L'animal lui pendait entre les jambes, j'ai pris ma petite voix d'ingénue et j'ai dit : *Oh, il est aussi impressionnant que toi, j'ai peur !*

Tout le monde a ri.

Je ne sais pas pourquoi j'ai dit ça, ces mots de petite putain. Ils sont sortis tout seuls. Je commence à bien connaître mon rôle, je suppose. Ou alors, l'ambiance me contamine moi aussi, même si les invités de Clare ne m'aiment pas ou me méprisent.

Au manoir, il y a des disputes, des brouilles, des moqueries et des réconciliations. Des gens en disgrâce et d'autres, on ne sait pourquoi, qui deviennent les coqueluches éphémères de la petite bande qui vit ici la nuit. Et je navigue au milieu de tout ça, portant des cafés, des plateaux d'alcools et de backgammon. En ce moment, c'est M. Allen qui les fait rire. Il boit beaucoup, parle fort, cite des gens que je ne connais pas et dit des vacheries. Je ne comprends pas tout mais parfois, il me fait rire aussi. La plupart du temps, je suis à la cuisine avec Martha. Il y a de grosses casseroles en cuivre pendues aux murs comme chez maman. Elle me parle de sa famille qui vit à Engelwood, des manies de M. Clare *(sans vouloir le critiquer, hein!)*, et de son mal de dos. On écosse les petits pois et on équeute les haricots ensemble, ça dure longtemps et ça m'apaise. Je m'ennuie un peu mais je n'ai aucun moyen de sortir de là. J'ai beau m'imaginer ce que je ferais dehors, rien ne vient. C'est comme si j'étais en prison et que je fabriquais des casquettes de base-ball, mais en plus confortable.

Le prince-pianiste ne rend presque plus visite à Clare. En tout cas, il ne vient plus le soir. Je le vois parfois dans la journée. J'entends le moteur de sa décapotable qui se gare derrière le manoir. Je suis là, dans la cuisine et je l'attends. Il le sait et je sais qu'il vient pour moi et que c'est dangereux. Mais il s'en moque ou fait semblant. Il est toujours aussi fiévreux, ses yeux profonds, ses cheveux un peu longs, et parfois j'ose imaginer que c'est à cause de moi. On parle un peu, il parle aussi à Martha, puis fait un tour dans le salon, jamais longtemps, et s'en va. En ce moment, il supporte mal les discussions de Clare et des autres. Tous ces potins. Clare le surnomme désormais le fantôme.

Tiens, voilà le fantôme ! Et il sourit.

Clare sait exactement pourquoi il n'entre pas par la porte principale, mais il ne dit rien.

Le prince-fantôme a promis que, demain, il me montrerait son hacienda. Wilco ! Je suis contente et je sens la timidité m'envahir à nouveau !

*

Ici, il n'y a pas d'hiver. Les oiseaux ne s'en vont pas, jamais. L'été sans fin les retient.

Peut-être qu'alors leurs ailes raccourcissent peu à peu, que leurs pieds grandissent... Un jour, des mains leur poussent, ils fabriquent des nids en bois, en rondins, puis en pierre avec des toits pointus, mais ils ne se sentent toujours pas très bien, ils sentent encore confusément qu'ils sont des oiseaux faits pour s'en aller, alors ils regardent l'océan et construisent des bateaux, des voitures, puis des avions et soudain ils s'envolent à nouveau et s'en vont pour de bon. Quelque part en eux, ils ont ce souvenir qu'ils étaient des oiseaux, qu'ils étaient libres et flottaient sans effort dans le vent. Qu'ils auraient dû s'en aller, plutôt que de se laisser piéger par l'éternel été. Moi, en tout cas, j'ai ça en moi. Là, dans le ventre, je sens cet élan... je suis un oiseau très ancien... et je sens de l'autre côté ce poids du soleil, de la grande cité des rêves, qui me dit de rester ici.

\*

Le premier de nos après-midi. Le premier de l'amour vrai. Il était venu me chercher, il m'aimait donc, lui, le prince-fantôme. Nous n'avons fait que dix minutes de voiture, heureusement, je n'en pouvais plus de ces balades sans fin, espérant qu'il me toucherait la joue ou le bras.

L'hacienda de ses parents est sombre et fraîche, comme toutes les haciendas, je suppose, et au milieu du patio aux fleurs fanées, je lui ai pris la main et l'ai embrassé. Presque de force. Et j'ai passé mes bras sous sa chemise bleue pour sentir sa peau. Maintenant il est là, dans la pénombre, nu et couvert de sueur comme moi. Je regarde les poils noirs et luisants de son torse, et j'aime ça. Chaque centimètre carré de son corps musclé, j'aime ça tant que je peux. Des muscles longs, brillants, d'adolescent grandi trop vite. Un jeune homme.

C'est un long après-midi, les minutes sont des heures. Dehors, le soleil brûle, dévaste tout, mais il pénètre doucement dans sa chambre à travers les persiennes closes, comme s'il savait que se passait là quelque chose d'intime et de profond. Ça y est, je suis avec lui! Je suis à nouveau Dolores, Dolores Haze, dans le même lit que lui, à ses côtés! Nos promenades ne seront plus jamais pareilles, nos discussions non plus, et le moindre regard aura une signification différente!

Je le veux encore et nous recommençons, c'est facile. Stan avait raison: faire l'amour est un des grands plaisirs de la vie, comme manger une glace ou boire un verre d'eau quand on a très soif. Je veux le sentir en moi et je veux sentir mon sexe couler après l'amour, si c'est de lui qu'il coule. C'est la première fois que ça ne me dégoûte pas. J'aime sa salive, sa sueur, son sperme, sa voix, la lumière de ses yeux, tout ce qui jaillit de son corps, de son esprit. Pour l'instant il ne parle pas. Il ferme les yeux, sourit doucement, de son sourire d'ange heureux quand je lui dis *je t'aime*.

*Il n'est pas cynique.*
*Il n'est pas obscène.*
*Il n'est pas grégaire.*
*Mon prince silencieux!*

Je l'embrasse, je l'embrasserais à en mourir s'il le fallait. Oh oui, à en mourir parce que cet amour est interdit! Nous le savons tous les deux. Mais aujourd'hui, mais ici, dans la sombre hacienda des parents morts, l'ombre de Clare est restée dehors, petite et courte sous le soleil qui brûle tout ce qui vit et tout ce qu'on imagine. Même les ogres.

*

Dans la cuisine aux casseroles de cuivre, j'attends. Ou bien je marche jusqu'à notre point de rendez-vous de Winfield Road. Je ne vis que pour ces après-midi. Je voudrais qu'elles se prolongent, passer une nuit avec lui mais je ne peux pas, c'est

trop risqué. Je mens à Clare, j'invente des promenades de plus en plus lointaines. Il pose des questions, me demande ce que j'ai vu. Je sais que c'est
un piège et il le sait aussi. Alors je ne me souviens
pas de grand-chose. Le soir, il me donne encore
des pilules qui m'aident à rester éveillée et puis
celles qui m'aident à m'endormir. Parfois, quand
j'ai trop mal au dos, de la codéine et là, tout va
bien. Il a plusieurs amis médecins qui lui pres-
crivent ce qu'il veut. Maintenant, j'ai peur qu'il
ne m'en donne plus. Mes nuits sont confuses,
parfois hachées, parfois profondes comme des
puits, mais j'en ai besoin pour supporter ça.

Martha m'aide à mentir, elle me décrit son
quartier, les lieux qu'elle connaît, ceux où sont
allées ses amies, le Griffith Observatory, les collines de Topanga… Elle a peur de se faire ren-
voyer si Clare s'en aperçoit. Étrangement, je n'ai
peur de rien. Je ne vis que pour ces après-midi
et je l'attends dans la cuisine aux casseroles de
cuivre.

*

*Conversation avec le Prince.* Tu vois Dolores,
ce que les gens admirent, ce n'est pas l'art, c'est
l'artisanat. Ils aiment le travail, la sueur et les

choses bien faites. Qu'on leur en mette plein la vue. C'est simple, tu vois la différence entre un dessin, c'est-à-dire une belle, une très belle illustration, et un tableau de Van Gogh, par exemple ? Eh bien c'est la différence entre l'artisanat et l'art. Van Gogh peint à grandes brassées des ciels jaunes ou verts, et ses meules de foin crépitent. C'est mal dessiné, ce n'est pas la pure réalité, et pourtant, c'est la vérité. L'illustrateur dessine bien mieux, de manière bien plus réaliste, il dessine les mêmes meules de foin, mais il ment. Ce n'est qu'une reproduction, une illusion de vérité. La vérité n'est pas dans le dessin de l'illustrateur, mais en dehors de lui. *En dehors*, tu comprends ? Alors qu'elle est *dans* le tableau de Van Gogh. C'est pareil chez Léonard de Vinci, les gens admirent sa technique : comment fait-il ? Quel génie ! Il est doué ! Oh, et il était aussi ingénieur, il a inventé le sous-marin ! Ils aiment l'ingéniosité. L'artisan en lui.

C'est pareil pour les films et les livres. Un bon film est une œuvre d'art, un bon livre aussi. Et une œuvre d'art n'est pas la bête reproduction d'une histoire ou l'illustration vide de la vie, ou des idées qu'on a dans la tête, si exacte soit-elle. Non, un vrai livre raconte une histoire de la même manière que Van Gogh peint des meules de foin. Avec des tas de coups de pinceaux étranges, parfois déroutants. C'est parce que les artistes, les vrais, se battent avec la matière, avec la peinture, avec les mots qui leur résistent. C'est comme une glaise, un marbre. La matière résiste, oui. Elle ne se laisse pas faire. Mais c'est ça qui est beau. Et un jour, l'œuvre d'art se tient toute seule *dans* ses mots, *dans* son langage unique, *dans* ses images et ses plans. Parfois, elle ne raconte même pas d'histoire, ou une histoire ténue et minuscule, mais c'est quand même une œuvre d'art. Elle vit par elle-même. Elle n'est la reproduction de rien. Comme un tableau de Van Gogh et ses meules de foin mal dessinées crépitant d'intense soleil jaune. Comme les corbeaux de Van Gogh qui ne sont que des taches de pinceaux jetées çà et là et des coups de brosses enduites de noir.

Ici, les studios veulent de bons artisans écrivant et réalisant efficacement et ingénieusement de bonnes histoires. Et les gens en veulent pour leur argent, ils veulent des mots ronflants, des belles formules pseudo-philosophiques sur la vie et les hommes à citer dans les dîners, des figurants par milliers, des batailles et des muscles, et les cheveux de la belle héroïne éparpillés sur l'oreiller, son visage éclairé dans la nuit et filmé flou pour faire romantique. Hahaha! Quelle arnaque...

Pas de place pour les artistes. C'est fini, tu comprends Dolores ?

Oui.

*Ainsi parlait le prince-acteur, nu dans son lit,* qui avait réalisé un film que personne n'avait vu et qui pensait comme personne ne pensait. *Comme une radio branchée sur une fréquence différente.*

\*

Je suis un gros chat domestique. J'ai ma litière et ma gamelle, j'ai mon fauteuil préféré près de la grande cheminée et des coins sombres où je me réfugie quand j'ai envie de ne voir personne. Parfois un invité de Clare me caresse et retire sa main juste avant que je ne lui donne un coup de griffe. Je participe de loin aux activités de groupe, les yeux fermés et les oreilles aux aguets. J'ai mes moments de folie où je cours partout, où je hurle et je fuis, les poils hérissés. On me donne mes pilules et je redeviens calme ou alors, selon la couleur des pilules, je m'agite, je fais aller et venir mes petites jambes et je parle, mais je ne dis pas forcément ce qu'on veut. J'obéis quand je ne peux plus faire autrement mais au fond je veux qu'on me laisse tranquille.

Je m'ennuie un peu, j'avoue. Alors je lis. Je suis un chat qui lit. Un chat qui, certains après-midi, fait l'amour avec un prince-pianiste, qui le mord, le griffe, avant de prendre un bain et de retrouver son oncle et sa gamelle comme si de rien n'était.

Tout est normal, je ne m'en fais plus.

Je rêvasse. Je rêve que mon prince-pianiste m'emmène loin d'ici. Là où il y a d'immenses étendues de blé, une maison comme celle de Lara, où nous vivons simplement et où, le samedi soir, nous dînons et dansons avec des amis. Des amis, je ne sais même plus ce que c'est. Mais je rêve, mon prince-pianiste n'est pas prince, juste pianiste, bel acteur raté qui espère que Clare fera un geste pour lui, et qui en même temps gâche ses chances en sortant avec moi, petit esclave de ses pulsions, enfant gâté dans son hacienda en ruine. Je lui ai dit mille fois. Il s'en moque. Je l'aime, je l'admire, et je le déteste. Il ne m'emmènera nulle part. Et nous n'aurons pas d'amis, je le sais.

*Il n'y aura pas de miracles, ici!*

*C'est écrit en lettres immenses, lumineuses, et ça flotte devant mes yeux chaque nuit.*

*IL N'Y AURA PAS DE MIRACLES, ICI!*

En attendant, je rêve, j'engraisse. J'écoute les vents de Santa Anna qui portent la poussière et les pollens des fleurs du désert jusque sur les meubles et les parquets de cette maison. Ils dessèchent tout. Ils me dessèchent aussi. Le ventilateur tourne au plafond et, comme lui, je tourne en rond. Je suis un animal de plus dans la ménagerie du maître imprévisible, un animal qui grandit, porte chaque semaine un peu plus de fourrure, qui l'épile, la dissimule, et qui un jour cessera de plaire. Je ne sais pas ce que je ferai ce jour-là. Je serai comme le Petit Vagabond, sans chapeau ni moustache, sans même savoir faire danser des petits pains avec des fourchettes. Ça ne sera pas drôle.

Je suis étendue dans le noir sur mon lit. Clare ne monte plus que rarement, c'est tant mieux mais c'est mauvais signe. Je pense à ma mère, à mon enfance, petite, je ne me souviens plus très bien. Il y a eu tellement de chambres avant celle-ci.

Et la nuit, quand je suis sûre que Clare ne viendra plus ou quand il est reparti dormir, je me relève pour pisser, pisser longuement debout, et diriger le jet dans la piscine, la tête renversée vers le ciel. *Hmmmm, c'est tellement bon!* J'aime ces moments seule dans les étoiles et le bruit de l'eau qui gicle jusque sur mes pieds nus. J'aime penser au bain matinal de Clare, nageant dans ma pisse de gros chat domestique.

*

Pas la vieille Plymouth rouge de Clare, mais une limousine blanche conduite par un chauffeur au nez démesuré. Ses mains poilues sur le volant, les vitres teintées comme s'il faisait déjà nuit. Je ne sais pas ce que Clare m'a donné tout à l'heure, ces médicaments, mais j'ai l'impression d'être dans une baignoire qui roule & vole & change de cap au-dessus des routes à lacets. Pourtant, nous venons à peine de quitter le manoir & descendons le long chemin de terre qui mène à la freeway par Wilshire & Sunset.

Avant qu'il ne parte pour son déjeuner, Clare m'a dit de bien m'habiller, pas comme une écolière ou comme une pute. C'est ce qu'il a dit. Alors j'ai mis cette robe en crêpe peau d'ange couleur chair qu'on croirait cousue sur moi. Et un manteau-cape en drap de laine à grand col, gros boutons, impeccablement blanc. Tout est sublime, je crois. Ah, et des escarpins beiges en agneau plongé dans lesquels je me tords les chevilles ! Je suis très en retard, le chauffeur n'est pas content, j'ai mis des heures à me maquiller et me coiffer. Je n'ose plus bouger. Je suis seule et minuscule, petit objet précieux au fond de cette longue boîte. J'espère que Clare m'attendra, sinon je ne saurai pas où aller, habillée comme ça.

Ça y est, nous entrons dans la ville, je veux dire, au cœur de la ville. C'est partout la ville ici, même au manoir. Il n'y a que des banlieues ou, disons, des quartiers plus ou moins riches. Il fait vraiment nuit maintenant. Les réverbères sont comme des guirlandes de Noël. Cette ville est un gigantesque sapin. Un sapin très sombre sur lequel il ne neige jamais.

*Des flashs!* Des centaines de flashs, à chaque descente, à chaque voiture qui s'arrête devant le *Grauman's*[10]. Moi aussi, on me photographie. Je ne suis personne mais ils se précipitent, ça claque, ça se bouscule, avant de courir vers la voiture suivante. Des dizaines d'ampoules au tungstène couvrent le trottoir. Heureusement, j'ai mon carton à la main, je passe les barrages. Des hommes

---

**10.** Grauman's Chinese Theatre, 6928 Hollywood Boulevard. Célèbre et gigantesque salle de cinéma de Los Angeles où ont lieu les premières depuis les années 1920. C'est aussi là que se tenaient les cérémonies des Oscars dans les années 1940.

en costume sombre, l'air d'agents secrets. Ils me poussent, me portent presque vers le couloir aux lumières tamisées. Je me retourne pour voir, il y a une foule qui crie derrière les policiers. C'est fou! Est-ce que je vois Clare? Rien de sûr avec lui. À l'intérieur, une foule aussi, mais polie, hurlant poliment. Au bout d'un long moment, Clare est là. Il parle à un homme à cravate rouge. Il ne me regarde presque pas quand je me glisse près de lui, mais me présente à W.

« W, le patron du studio, tu sais ma chérie.

— Ah oui! Bonsoir M. W.

— Enchanté. »

Et ils continuent à parler comme si je n'étais pas là mais je sens les yeux furtifs de W se poser sur moi, fouiller dans mon décolleté. J'ai les seins remontés par la robe, des petits seins élastiques et bombés. Si je lève les bras, ils jaillissent de leurs bonnets. Clare est l'homme du soir, ou au moins l'un d'eux. Il a écrit le scénario du film qu'on va projeter, dont c'est la première. Je suis au centre du monde et j'ai encore l'impression d'être dans une baignoire. Ces médicaments. Ou la peur de ne pas bien tenir mon rôle. Je ne sais pas comment ils font, ses amis et lui, pour en avaler autant. Tout est flou, les bruits étouffés. Des extras naviguent comme des crabes dans la foule, un plateau avec des verres de champagne levé au-dessus des têtes.

Clare me fait asseoir au milieu de la salle, dans les rangs réservés. Au loin, loin derrière nous, j'aperçois Wilco! Il est là lui aussi. Oh comme il est beau! Mais Clare me surveille. Cette soirée est la sienne. Le film commence. Je ne m'en souviens plus, je n'ai rien vu, mais c'est un succès. Il rapportera des millions et Clare continuera à écrire. Vous n'êtes pas communiste et c'est un de vos talents, lui a dit W tout à l'heure en riant. Le dîner en l'honneur des acteurs est un calvaire et un songe. J'ai cru voir des gens célèbres. Clark G. Il est vieux, il se teint les cheveux. Je cherche Wilco partout, mais il a disparu. Sûrement pas invité au dîner ou alors il le snobe, c'est son genre.

Je ne mange presque rien, je n'ai pas faim, les pilules font un effet étrange. Je bois du champagne, des verres, des verres. Ça mousse dans ma bouche, ça remonte par le nez. Je parle un peu à W qui vient voir si nous sommes bien installés. Il me regarde toujours bizarrement. Je sais ce qu'il pense, je sais parfaitement ce qu'il veut. J'ai appris ça. Il parle à l'oreille de Clare et me regarde, puis il repart et je me déchausse. Sous la table, un méchant parquet rugueux. Au dessert, les tablées se défont. Clare m'entraîne, se penche, parle un instant, puis nous virevoltons à nouveau entre les invités. Des hommes en smoking tournent, me regardent et détaillent d'un œil narquois le couple que nous formons, Clare et moi. Parfois j'entends : *C'est votre fille ?* Clare répond invariablement, avec un clin d'œil : *Non, ma mère. Elle veut devenir actrice, comme tout le monde.* J'ai honte quand ils éclatent de rire. Je ne devrais pas parce qu'ils rient et sourient tout le temps. Tous ces gens qui se montrent leurs dents, se flattent et se moquent, c'est une maladie locale ! Bêtement, je fais comme eux. Pour appartenir.

Je me sens tourner, partir. Je me réfugie dans les toilettes. Des femmes se recoiffent, se poudrent, se remettent du rouge à lèvres. Des serviettes blanches pleines de gras rouge partout. Je m'asperge le visage pour me rafraîchir et je regarde dans le miroir. Ma sœur jumelle a disparu. C'est une autre qui est là, que je ne connais pas. Une jeune fille peinte, le visage défait, la peau cireuse, dans une robe de femme en crêpe peau d'ange qui moule son corps, ses fesses épaissies, ses hanches, ses seins crémeux, élastiques, remontés dans le décolleté. *Tu es très jeune mais tu n'es plus une petite fille, tu as enflé, même si les os*

*de tes hanches pointent de chaque côté de ton ventre.*
Je m'assois sur la cuvette d'une cabine et je suis
encore dans cet aquarium jusqu'à ce qu'on frappe
à la porte. Ça va mademoiselle ? Oui, je sors dans
un instant, t… tout va bien.

Je ne sais comment Clare m'a récupérée dans
la foule, mais il me pousse dans une voiture.
Pas une limousine, une simple voiture grise du
studio. Les limousines, c'est pour l'arrivée et
les photographes. Je m'en moque, je veux juste
dormir.

« J'ai déjà une idée pour le film suivant,
dit Clare dans la voiture qui nous ramène au
manoir. »

Ça y est, il est redevenu Clare. Je le vois, je
le sens.

« Tu vois, Lolita chérie, il faudra faire un film
sur le cinéma, sur Hollywood, je ne sais pas moi,
une actrice qui vieillit et se fait doubler par une
autre plus jeune… »

Je n'écoute plus. Je suis sourde et muette.
Pourquoi m'a-t-il emmenée à cette soirée ? Pour
me montrer à ses amis ? À W ?

« W t'a beaucoup appréciée, finit par dire Clare.

— Il ne m'a même pas parlé ! Comment il peut
m'apprécier ?

— Pas besoin de te parler ma chérie, on t'aime rien qu'en te regardant. Tu es ravissante dans cette robe.

— Merci, mais moi je ne trouve pas, je trouve qu'il faut parler, se connaître un peu. Et puis, il me fait peur ce W.

— Il ne peut pas te faire peur, tu ne le connais pas, tu ne lui as pas parlé, Hahahah! Mais je crois que vous aurez l'occasion de faire plus ample connaissance et tu verras qu'il est sympathique, très sympathique…

— Ah oui, plus ample connaissance?

— Oui, sûr.

— Mais je… je ne veux pas, oncle Clare. Je veux rester avec toi!

Il se tourne, me dévisage en souriant, fait mine de pianoter avec ses doigts et dit:

— Avec moi? Tu es sûre?

— Oui, si tu m'aimes encore un peu. »

Puis il m'embrasse dans le cou et passe une main sous un de mes seins comme pour le soupeser. Hum faisait ça quand il conduisait. Ça ne me fait plus rien, à part sentir mon sein se soulever et passer au-dessus de ma robe.

Nous sommes déjà devant la porte. Clare me pousse dehors et mes escarpins se tordent sur le gravier. Il défait son nœud papillon, jette sa veste de smoking sur un canapé, crie et demande qui est là. Les têtes de Fanny et de M. Allen apparaissent en haut de l'escalier monumental. Que faisaient-ils là-haut ?

« Descendez, j'ai gagné ! dit Clare, gagné le droit de me saouler toute la nuit avec vous ! »

Je commence à monter dans ma chambre et il me rattrape. « Non, tu restes là, toi aussi. Sers-moi un verre, un *double*. »

Clare est redevenu lui-même. *Un double con.*

*

*Nue mais maquillée.* Y compris le bout des seins passé au rouge à lèvres carmin. Le reste du corps enduit de crème puis poudré, sauf le pubis. C'est fait exprès pour prendre la lumière, dit Yvan. Yvan se penche sur moi avec ses pinceaux, me rassure, me parle seulement de maquillage, de mes yeux, de ma bouche. D'après lui, elle est exceptionnelle. À la fois grande et ourlée. Il aime aussi mon nez, mon front, mon visage et ne parle pas du reste de mon corps. Mais peut-être est-ce un truc de maquilleur pour garder son travail, d'être comme ça, si gentil.

En bas, les techniciens font des essais de projecteurs, je les entends qui les déplacent, qui

râlent et jurent. *Les paupières.* Naturelles, dit
Ivan, juste un peu d'ombre terre de Sienne.
Avant, il pose longtemps deux cercles de coton
imbibés sur mes yeux. C'est frais, agréable. Puis
il me peint. Cils, sourcils, lèvres, joues, pom-
mettes. Des crayons et des brosses, des poudres
et du gras. « Oh, Dolores, comme j'aimerais
n'avoir chaque jour que des peaux aussi faciles
à maquiller que la tienne! Je fais exactement ce
que je veux, c'est si lisse! Tu ne peux pas savoir
les rides et les boursouflures et les énormes
pores que je dois masquer, recouvrir pendant des
heures! Vous, vous êtes naturellement si belle,
si… éclatante! »

Merci, je me sens belle. Ça fait longtemps que
personne ne me l'a dit sur ce ton, ce ton de mère.

Et le fard à joues? On en met? Il ne sait pas…
Il faut que tout soit le plus blanc possible. Pâle,
très pâle. C'est dans le cahier des charges. Et puis
il en met quand même un peu : « Ton visage
paraîtra plus blanc en comparaison, comme le
rouge sur les mamelons de tes seins (il a dit le
mot "seins" très vite, comme pour l'évacuer). »

Je ne peux m'empêcher de trembler un peu,
ce qui le gêne pour l'eye-liner et le mascara. Ce
n'est pas le froid, non, je crois que j'ai peur. Je
ne sais pas pourquoi j'ai finalement accepté.

J'étais forcée, je suppose. Trop longtemps que je refusais. Je pense à la ménagerie de Clare. J'ai un hamster qui tourne en rond dans la tête et qui se plaint : *je suis seule, trop grosse, personne ne me comprend, je n'ai pas d'amis, je fais des choses que je n'ai pas envie de faire…* En bas, j'entends qu'on tourne la première scène. Parfois, un ordre, la voix de Clare.

Il y a un réalisateur qui dit « Action », « Coupez » !

Et une femme qui crie.

Ivan se rapproche, applique une touche de pinceau, puis s'éloigne en se pinçant les lèvres : hum, oui, c'est ça. Au bout d'un long moment, ses mains magiques cessent de frôler mon visage, il me fait me lever, tourner sur moi-même, et dit parfait, c'est par-fait. Je me regarde dans le grand miroir en pieds de ma chambre, transformée en loge. On dirait une danseuse dans un film muet. Je suis nue, yeux charbonneux, peau blanche. Derrière moi, il y a mes vêtements posés sur le lit, repoussés très loin pour qu'Ivan puisse installer ses malles à maquillage. Et puis ma vieille poupée, habillée, elle. Je me retourne, lui fais face. Je sais que mon corps ne l'intéresse pas, il ne regarde que son travail. Je suis une image, celle de ma jumelle maquillée. Ou d'une poupée.

Un homme mûr, cheveux blancs et gros ventre, ouvre la porte et entre. Un des acteurs. Il est en sueur, Ivan l'éponge, puis lui repoudre le visage. Il faut y aller, me dit l'homme sans presque faire attention à moi, la mise en place est presque terminée. Je regarde Ivan, je voudrais rester ici avec lui. Tu es superbe, dit-il, mais pas de peignoir, ça va enlever toute la poudre.

*Il faudra descendre l'escalier comme ça, nue.*

C'est tout ce dont je me souviens de mon premier film porno.

*

Il y en a eu d'autres depuis, six ou sept, je ne sais plus, toute la semaine dernière et cette semaine encore. Il fallait rentabiliser la location de la caméra et de l'éclairage qui restent là toute la nuit. Du coup, je n'ai pas vu Wilco depuis quinze jours. Il n'est même pas venu jusqu'au manoir. Peut-être qu'il sait ce que j'y fais et qu'il me déteste, me méprise.

Il y en a eu d'autres depuis. J'étais Melanie, Lily Rose, ou juste Teeny... en culotte avec un ours en peluche, nue avec un cartable, habillée en socquettes et tenue d'écolière vite enlevées. Tous ces clichés! À chaque fois, je descends les escaliers qui mènent dans la salle au piano et au grizzli, c'est le seul moment où j'ai peur. Arrivée en bas, je suis à nouveau vide, ça y est, je suis Lolita, faite de fumée. Après, ce qui se passe n'est pas plus terrible qu'avec Hum ou Clare. Un homme vient, me surprend en train de me toucher faussement, ou alors je lui ouvre faussement la porte, l'homme est déguisé comme moi, mais en ouvrier ou en banquier, ça dépend, et il me prend sur le divan ou sur la table, par terre ou sur un fauteuil. On a épuisé tous les meubles de la maison. Je me suis même demandé quels culs avaient déjà lustré ces meubles. Ceux de jeunes filles comme moi, sans doute. Ou peut-être est-ce une nouvelle activité. Ce que Clare a en tête pour moi depuis un moment, puisqu'il ne monte plus aussi souvent dans ma chambre. Un de ses fantasmes. Ou une industrie, je ne sais pas.

Je fais ça par défi. Ça me donne cet air de petite fille effrontée qui plaît tant. Quand j'y repense, en arriver là n'est pas un hasard, tout m'y a conduit, Hum, la mort de maman, la méchanceté et la jalousie de Magda, l'école où j'étais une *salope*… c'est logique. Mais puis-je faire autrement? Quitter Clare? M'enfuir à nouveau? Pour aller où?

*La nécessité.* Comme le tracé d'une balle qui déchire la peau puis le cœur d'un grizzli. Aussi grand et fort et sauvage soit-il, il se trouvait sur le chemin de ce chasseur comme j'étais sur celui de Clare.

Je n'ai presque rien à faire hormis suivre les consignes du réalisateur et rester en position, les fesses et le visage tournés face à la caméra, la plupart du temps. C'est inconfortable, j'ai mal au cou à force de regarder derrière moi, mais l'homme, lui, se contorsionne pour qu'on voie tout, souffre et transpire encore plus. Dans un tel film, je sais que l'homme n'est qu'une bite et je crois que personne ne regarde son visage. Il pourrait avoir un sac sur la tête. D'ailleurs, une fois, l'homme était masqué, c'était un faux cambrioleur et je devais simuler la peur. Le viol est un fantasme assez banal.

Il n'y a pas de son, ces films sont muets. Peut-être pour être plus discrets quand on les diffuse. Peut-être parce que les acteurs sont nuls, seulement des corps. Toutes les trois minutes, le temps d'une petite bobine, on prend une autre position, assis sur une chaise par exemple, moi sur lui, de face, le pubis en avant, et ça recommence. Les poils de mon sexe dressés comme la crête d'un coq. Je dois gémir, sourire, mimer le plaisir. Parfois j'ai mal, mais plutôt moins qu'avec Hum ou Clare parce qu'on utilise de la vaseline. D'autres fois il faut attendre, l'homme est mou et s'excuse. Après, il est déprimé : on ne le réemploiera plus. Alors que moi je ne crains rien, graissée à la vaseline je ne suis pas là, ou presque pas. Combien d'heures de ma vie n'ai-je pas été là ? Combien de jours ? *C'est de ça dont il faut s'occuper, Dolores. De ça. Oh oui, je le promets, bientôt je serai là tout le temps.*

Je me suis toujours demandé qui il y avait derrière cette caméra, les gens qui regardent, je veux dire. Qui sont-ils ? Clare, certainement. Il ne participe jamais directement aux tournages. Il est là, dans le noir, dans le manoir, mais il fait des allées et venues, disparaît, revient, et donne des ordres comme un producteur. Il prend ça très au sérieux, et le soir me parle de mon *travail*, j'ai *bien travaillé*, ou *mal travaillé*. Avec qui me regarde-t-il ? Avec W, je suppose, et d'autres hommes. Je les imagine dans leurs salles de projection, seuls ou en compagnie, dans leurs chambres, avec mon image tremblotante sur le mur et leurs pantalons ouverts. Et ça me fait ricaner, cet univers de choses projetées, ces formes innommables et ces actes punis par la loi, destinés à des messieurs en nœuds papillon parlant délicatement aux dames dans les cocktails, des messieurs qui, derrière leurs bureaux, assènent à leurs subordonnés ce que doit être l'Amérique : exemplaire, droite et anticommuniste. Une heure plus tard, ils me regardent et vont chercher du papier hygiénique pour s'essuyer.

*J'ai vécu des jours meilleurs, c'est vrai.*

Mais le plus important pour moi est de rester en vie.

Avec Hum et ses menaces, avec Magda et sa jalousie, avec les réalisateurs qui disent « Action », j'ai appris ça : *rester en vie.*

\*

Aussi loin que je voulais, aussi tard dans la nuit. La Chevy vert amande a d'abord roulé vers l'est et les montagnes de San Fernando. Le prince-pianiste conduisait vite sur les routes à lacets et on s'élevait peu à peu dans le ciel orange du couchant, la tête dans le vent. *Oh, comme c'était joyeux, j'aurais voulu rester sur ce siège toute ma vie*, découvrir à chaque virage la ville à mes pieds et au loin l'océan, puis sentir pour toujours juste contre moi cet homme que j'aime parce qu'il est faible et souffrant, parce qu'il n'est pas un grizzli ni un chasseur. On fera l'amour au sommet, a-t-il dit en riant, puis plus tard sur la plage à Venice, puis plus tard encore où on voudra. Je me suis mise debout, accrochée au pare-brise et on a crié dans l'air qui nous fouettait le visage, sur cette antique route de crête qui s'appelle Le Bord du Monde. *Nous sommes tous les deux au bord du monde. Un pas de plus, un pas de travers et on s'évanouit, on tombe.*

Ce soir, je ne rentrerai pas. Clare m'attendra, il viendra peut-être pour la première fois à l'hacienda et je n'y serai pas. Clare me mettra peut-être à la porte mais ce soir, je m'en moque, j'irai aussi loin que je veux, aussi tard que je veux, et je pleurerai demain. D'ailleurs, demain n'existe pas encore, et hier est déjà passé. Nous sommes aussi sur la crête du temps.

Nous avons regardé la nuit tomber & salué la ville qui s'illumine, nous avons bu un peu & fumé des cigarettes, beaucoup & nous nous sommes embrassés & il m'a aimée & nous sommes redescendus vers Venice Beach où je ne suis pas retournée depuis ce jour où Hum est venu me chercher chez Magda. Un défi, encore. La ville a filé sous nos roues comme par magie. Tout ce que je trouvais angoissant lorsque je suis arrivée ici la première fois m'a émerveillée. Les néons des Car Wash, ceux des motels, des restaurants, des cafés, la circulation insensée des autos et les milliers de couleurs qui clignotent dans la nuit. Oh, comme c'est beau!

Du sable plein la bouche, plein les fesses, jusque dans mon soutien-gorge. Nous jouons aux amoureux qui courent et roulent sur la plage, nous sommes maintenant étendus l'un contre l'autre. Il fait nuit et on ne distingue que l'écume des vagues éclairée par une demi-lune. Il fait un peu frais, ma peau frissonne encore mais je suis tellement bien! Le grondement de l'océan me berce et le prince me parle des étoiles, de fusion thermonucléaire et d'expansion de l'univers. Il a fait des études, mon prince, lu Einstein, de la poésie, et il sait parler aux filles comme moi qu'on a enlevées de l'école. Mais il ne m'enlèvera pas d'ici comme dans les contes, il me l'a dit, il ne se mariera pas. Il déteste toutes ces conventions, cette société, il les *vomit*. Il *vomit* beaucoup, je trouve. Il veut aller à New York. Je l'ai supplié, mais il ira sans moi, sans personne, dit-il. Pour jouer dans un vrai théâtre et prendre de vrais cours de comédie avec Lee Strasberg et Paula Miller, devenir un vrai acteur, pas ces acteurs *stupides* d'Hollywood. Il mourra jeune, je le sais, il mourra seul et alcoolique. C'est un prince en colère, stérile et égoïste. À part pour décrire le ciel, je ne sais pas s'il a du talent.

M'en fous, je le prends comme il est, mon prince souffrant et faible, je n'attends rien et je suis heureuse, juste pour cette nuit. Demain je le détesterai peut-être, mais je m'en fous aussi. Je suis infiniment bien, à quelques centaines de mètres de chez Magda, un homme dans mes bras pour la nuit. Et un autre auquel j'échappe pour la nuit aussi.

*Plus tard, je construirai ma maison sous la fusion thermonucléaire des étoiles. Peut-être qu'il y aura un homme dedans, peut-être pas. Mais elle sera à moi et loin d'ici. Aussi loin que je veux.*

\*

*Regardez-moi ça!*
J'ai honte mais il faut que je raconte ce qu'ils font, ce qu'ils *nous* font. La leçon! Le tableau noir!

J'ai descendu l'escalier, en chemisier et jupe d'écolière. Dans la lumière d'en bas, au centre de la pièce, un homme en costume, un tableau noir vissé sur une croix de bois, deux tables comme au collège et une fille de mon âge. C'est Irène, la nièce mexicaine de Martha avec qui je parle parfois dans la cuisine quand elle vient voir sa tante. Que fait-elle ici ? Elle est innocente. Elle vit là-bas, dans les quartiers sombres, elle croit en Dieu…

Le faux professeur a une baguette à la main. Il a écrit au tableau : « COMMENT ÊTRE UNE BONNE FEMME AU FOYER ? » Sous les projecteurs, ils attendent. Tout le monde est prêt depuis longtemps. Ivan a mis une demi-heure de plus à me maquiller. Quand je descends, Clare crie : « Ah, enfin ! Mademoiselle a pris son temps. Très indisciplinée ! On va corriger ça ! »

Et il a ri.

« Action ! »

La leçon a commencé. Avec de fausses questions auxquelles je dois répondre toujours à côté. L'homme à la blouse s'énerve. Menace. « Vous ne savez pas vos leçons, mademoiselle ! Une bonne femme au foyer doit être *docile* ! » Évidemment, il me jette à plat ventre sur la table, jupe relevée, culotte baissée. Et me frappe avec sa baguette. *Docile ! Elle doit satisfaire son mari !*

Clare hurle : « Allez bouge Lolita, bouge ton cul ou je viens te le botter ! » J'ai bougé. « Pleure ! » J'ai pleuré. Derrière moi, l'homme se contrôle de moins en moins et frappe de plus en plus fort. Pour de vrai. Il alterne entre Irène et moi, à plat ventre elle aussi sur sa table. Ils déplacent la caméra, je crois que c'est bientôt fini. J'ai mal et je veux que ça se termine. Mais pour achever de nous punir l'homme en costume appelle de faux surveillants, proviseurs et bienfaiteurs de l'école. Tous aussi vieux et laids que lui. On m'ordonne de me débattre et ils m'attachent à la croix du tableau… le reste est horrible. Même un enfant de deux ans aurait compris que, malgré les pauvres mimiques qu'on exigeait de moi, je n'éprouvais aucun plaisir.

Bande de tarés.

Je pense un instant : Clare se venge de ma nuit dehors, du prince-pianiste, puis j'oublie et ne pense plus à rien. Mais soudain ils traînent Irène par terre, juste sous mes yeux, et finissent de lui arracher ses vêtements… Je revois ses yeux fous et perdus. *Mon Dieu, la petite Irène ! Pas elle !* C'est tout ce qui m'est venu à l'esprit alors que, moi aussi, je les subissais.

« Coupez ! »

Quand ça s'est terminé, Irène a couru se rhabiller en pleurant, et Clare m'a prise par le bras, en disant aux techniciens : « Regardez-moi ça ! C'est pas beau ça ? Il a pris mes seins et mon sexe à pleines mains. »

Ça! Je suis un *ça*. Pas une personne, pas Dolores ni même Lolita, non, *ça*. *On commence par dire ça, puis on bat, on vend et on tue les « ça ».*

Tout ça a commencé à me faire peur. Le film de trop. Qu'inventeront-ils la prochaine fois?

Je veux juste qu'on m'aime et qu'on me protège mais je dois le faire moi-même. Me protéger, au moins.

Il faut que ça cesse, Dolores.

\*

Après la dispute de ce matin, j'ai dit à Clare que Hum le tuerait s'il savait. Il a ri. Et il a eu raison. Je ne sais même plus où est Hum, ni même où sont tous les gens que j'ai connus.

L'autre jour je m'étais bien habillée, une robe en soie mauve, et Clare m'avait conduite avec lui *downtown* pour que je voie les magasins le temps de sa réunion. Il y avait foule et je regardais mon reflet dans les vitrines et je me trouvais enfin belle, presque une femme. Mais au bout de deux heures passées à monter et à redescendre l'avenue, à tourner en rond, j'ai soudain vu un autre reflet. Celui d'une jeune fille seule et sans but.

Les vendeuses qui regardaient cette jeune fille à l'air aisé et tranquille ne le savaient pas. Elle a bientôt quinze ans et on prend soin d'elle *parce qu'on peut lui enlever comme on veut cette jolie robe de soie mauve.* Elle ne sait pas comment elle en est arrivée là.

Il y a de quoi rire, et de quoi tuer, c'est vrai.

\*

Quand je me retourne sur mon passé, sur ces deux dernières années, je me dis que je n'ai pas de chance! Hum et Clare, Magda et son mari, Stan et le prince-pianiste, cette cavalcade impossible... Et je me demande quel est l'imbécile qui distribue les cartes. *Oh, dites-moi qui il est que je lui parle!*

Un grand silence dans la maison. Une matinée de rêve, tout m'invite à rester ici. Le jardin, frais de la petite pluie de la nuit, la piscine où je pourrais aller nager et traîner, la cuisine où Martha prépare déjà le déjeuner. Mais j'ouvre mon placard, je trie, je choisis. Tout tient dans une petite valise. Je n'ai pas grand-chose. Deux robes offertes par Hum, déjà trop petites. Deux pantalons qui me vont, un short rayé et une paire de chaussures, une seule. J'ai pris la plus solide. Des hauts, des culottes et des soutiens-gorge. Je volerai un saucisson dans la cuisine. Et un petit couteau bien tranchant. Je ne sais pas pourquoi, pour me nourrir et me défendre. Pas de photos, il n'y en a aucune. Rien qui me rappelle le passé. Comme si je n'en avais pas.

J'ai du mal à me souvenir de ma mère. Son visage s'efface, se froisse comme une feuille de papier qu'on jette au loin. Je ne me souviens que des photos. Les photos d'elle ou d'elle et moi, bébé, sur le buffet ou dans sa chambre à côté de son lit. Il y en a trois, nous sourions. Sauf sur la première, celle de mon baptême, qui est plus solennelle. Mes souvenirs ne sont plus que des images fixes, enregistrées. Comment faisaient les gens avant l'invention de la photo? De quoi se souvenaient-ils? Un visage est si… si mouvant, si éphémère. Même celui des gens qu'on a aimés.

Rien ne me retient. Le pianiste s'est envolé vers New York, Clare est parti pour la journée. Oui, un jour rêvé pour descendre l'escalier une dernière fois, cette petite valise à la main et la peur au ventre.

V

# NOÉ
## (FÉVRIER 1951 - SEPTEMBRE 1952)

Je suis un lapin. Je cours, je saute, je bondis et je m'arrête soudain, les yeux dans les phares, les oreilles baissées, avec ma valise à la main. Oh, la nuit est tombée si vite que je ne sais plus où je suis! Il faut que je trouve un endroit où me reposer, où me cacher et dormir quelques minutes. La journée a été si merveilleuse. Pleine de rencontres. Tous ces gens qui m'ont prise dans leurs voitures me demandant où j'allais et moi qui ne savais pas. C'est comme si j'avais couru en zigzag et exploré la ville. Je suis même allée au Griffith Observatory, tout en haut. Je me suis posée sous les grands dômes, puis sur les balcons à colonnes qui surplombent la ville bleue. De là, on voit jusqu'à l'océan. Tous les parcs, toutes les collines, les toits, les jardins et les hauts buildings du centre. J'ai embrassé la ville, je veux dire j'ai ouvert les bras, et elle était encore plus étendue que ça, elle dépassait mes mains. Il y avait des touristes du monde entier, en shorts, avec de gros appareils photo compliqués en bandoulière. Des gens riches qui voyagent. Moi aussi, je voyage. Oui, on dira que j'ai repris mon voyage. Mais à pied désormais.

La nuit rend le monde hostile et les rencontres menaçantes. Je ne sais pas pourquoi. Je me dis que tout est comme de jour, sauf qu'il n'y a pas de lumière, mais ça ne marche pas. Ce sont les gens qui changent. Les pensées des gens. Les miennes par exemple : je n'avais plus pensé à ces femmes dont parlent les journaux et dont on découvre les corps dans les décharges, les poubelles ou les terrains vagues. C'est la nuit que l'alcool coule, que coulent le sang, la bile, la sueur et le sperme, c'est la nuit que tout ce qui coule peut couler. Et qu'il y a des gardiens de nuit. J'y pense maintenant et ça m'effraie. Pourtant ces bâtiments sont les mêmes que le jour, l'océan est toujours là, les toits, les jardins, et au-delà des collines, le désert.

Je me donne l'air de savoir où je vais, de marcher droit, décidée. Mais je ne sais pas. Il y a un marché paysan, là-bas, sur un parking. Des charrettes vides avec des pancartes, des carrioles bâchées. Il ouvrira sans doute très tôt demain matin mais personne ne viendra ici cette nuit, il n'y a rien à voler, rien à y faire. Assise sur ma valise, je m'adosse contre une carriole en bois. Mais ça ne suffit pas. Des gens passent. Je me demande ce qu'ils font dehors aussi tard. Il faut que je me glisse au-dessous. Le sol est sale et gras, il y a des épluchures ou des morceaux de légumes qui pourrissent. Je m'en moque. Je dois dormir cinq minutes. Mon corps est lourd et ma valise encore plus. Allongée dans l'ombre, bien cachée, je pense. La nuit étend aussi la pensée, les rêves et les cauchemars. La nuit, la pensée se déroule toute seule comme sur un long tapis qui serpente et rebondit, sans que rien jamais ne l'arrête. Et elle devient folle, invente, ressasse, élabore des scénarios impossibles. La nuit, on se dit : demain je ferai ça, on en est sûr, et le lendemain, ça nous paraît à nouveau impossible ou absurde. Ou bien on en rit, on a oublié. La nuit invente des fantômes de toutes sortes, de toutes formes : fantômes de décisions définitives, d'amours enfuies, de phrases qu'on aurait dû prononcer.

J'entrouvre ma valise et cherche le couteau, au cas où. Il est petit, comme moi, mais très pointu.

Je coupe un morceau de saucisson et le mange lentement. Ça m'apaise.

Il faut que je trouve un endroit où grandir encore un peu. Je n'ai pas l'âge, mais je peux travailler, je crois. Je dois travailler. Ce n'est pas ma faute si maman est morte, si je n'ai personne pour veiller sur moi. Peut-être que si. J'aurais dû rester là, refuser d'aller dans ce camp de vacances, la protéger de tous ces hommes, de Hum. J'ai su dès le premier regard qu'il était dangereux. Mais c'est une sorte de danger qu'une petite fille ne peut imaginer. Je ne suis plus une petite fille.

J'entends des pas, je me recroqueville, j'ai une folle envie d'être dans ma chambre molle et douce au manoir. J'ai envie d'y rentrer, de prendre un taxi avec le peu d'argent qui me reste et d'aller retrouver les casseroles en cuivre de la cuisine, le jardin, la piscine, mes longues après-midi de lecture et de sieste… Pourquoi suis-je partie? Il faut que je me le répète sans cesse. Je préfère la peur et la faim à l'injustice et aux mauvais traitements. Tous ces rôdeurs, que font-ils? Où vont-ils? J'aimerais être un lapin dans son terrier.

Voilà ce que je cherche: pas des bras, non, juste un trou dans la terre où dormir seule.

\*

C'est une de ces nuits-là que j'ai eu cette sensation. Mon corps s'est soudain dissous dans l'air, le monde s'est mis à ressembler à une immense cathédrale, sombre et sans piliers, où ma voix et mes pas résonnaient. Toutes les molécules de mon corps volatilisées ! Rien n'avait plus de sens, ça ne valait plus la peine de vivre, d'avoir des projets et pourtant je vivais, je voulais me tirer de là ! *Comme si j'étais sortie de moi.* Je n'allais vers nulle part. Une espèce d'hallucination. Je me voyais dans le monde réel mais je n'y étais pas. Ça m'avait fait ça déjà, la première nuit avec Hum. Ou la deuxième, je ne sais plus. Et puis c'était passé. J'avais fait la poupée. Mais là, sur ce trottoir qui menait au parc, c'était fort, puissant. Un vertige, un monde où il est impossible de vivre. Je n'étais pas là et j'y étais en même temps. Hors de moi mais en ayant conscience que le seul monde possible et réel était celui que je quittais, qui était comme transparent, faux, impossible.

Ce truc s'est réactivé. Plusieurs fois, toujours la nuit ou à la tombée de la nuit. Et je n'y pouvais rien. J'étais double, double et consciente de l'être, et ça me flanquait une trouille !

Rien que d'y penser ça me fait peur. Il faut que je trouve un endroit pour me réfugier et tout ira bien…

*La violence mène au silence, celui de cette cathédrale. Elle éteint le monde. Et les êtres.*

\*

Une lente dérive. Depuis quelques jours j'erre dans les rues et je dors dans les parcs. J'entends les animaux sauvages qui se risquent jusqu'au cœur de la ville, des coyotes, des putois, des serpents et des oiseaux de toutes sortes. Les parcs sont mal entretenus, parfois à demi sauvages et les arbres qui meurent et qui tombent ne sont pas enlevés. Ils gisent là et des fougères, des sousbois, poussent sous leurs branches mortes plantées dans la terre. C'est ici que je me réfugie la nuit, quand les premières étoiles apparaissent, au milieu de ces jungles où j'imagine que vit King Kong. Ça me rassure de penser à King Kong. Il n'était pas empaillé, lui. Dès qu'il fait nuit, j'ai un peu froid et je regarde les étoiles entre les feuillages : des cailloux en fusion, je me souviens. Malgré la colère qui les anime, elles ont l'air bien seules ces nuits-là. Je pense à tout ce qui m'a menée ici, cet incroyable enchaînement de circonstances. À la petite fille crédule que j'étais. Je me demande si aujourd'hui, je ferais différemment. Je ne crois pas. J'ai fait ce que j'ai pu, ce que j'ai cru ou ce qu'on m'a fait croire. Je pense aussi au pianiste, que fait-il de l'autre côté du continent, prend-il ses cours, devient-il un acteur de théâtre? Est-ce qu'il neige à New York? Est-il bien au chaud? Il est lâche, mais je lui veux tout le bien du monde. Et même de trouver une autre Dolores plus mûre et plus digne que moi. J'aurais dû fuir avant, il aurait peut-être été fier de moi et il m'aurait aimée.

Dans le ciel les étoiles tournent, petits diamants dans un monde de rouille, *et comme moi elles ont froid.*

\*

Le pire, ce sont les autres sans-abri. Ils vagabondent aussi. Ils semblent marcher en regardant leurs chaussures usées mais ils voient tout, sont aux aguets et me repèrent comme si c'était écrit sur mon front. Je ne veux pas leur parler, mais dès que je m'arrête sous un abribus pour me reposer, ils s'approchent et demandent. Tu viens d'où? Tu as quelque chose à boire? À manger? J'ai déjà vu ta tête, si, si, sur un billet de cent dollars, Hahaha! Ou encore : je connais un bon plan, un bon coup à faire au supermarché, juste là, c'est facile… Ils veulent m'entraîner dans leurs combines sordides, dans leurs cabanes en bois près de la L.A. River. Jamais je ne les avais vus avant. Ils sentent l'alcool et la misère. Je ne veux pas, je me redresse, j'empoigne ma valise et dis, non-merci-monsieur-vous-vous-trompez. Je fuis, condamnée à marcher. Parfois, pour être tranquille, je m'installe juste à côté des familles avec leurs enfants qui jouent dans les parcs. Comme si j'en faisais partie. Ils tapent dans des balles, les enfants et les chiens courent, aboient, ils rient et je fais semblant d'être heureuse avec eux, complice, quand la balle vient vers moi et que je la leur renvoie. Mais ils finissent toujours par s'en aller, passer devant moi avec un petit hochement de tête. *Au revoir, nous rentrons chez nous, dans notre maison. Nous sommes une famille.*

\*

Dans un coin de broussailles, je compte mes sous, des promeneurs passent sur le chemin en surplomb mais ne me voient pas. Seuls leurs chiens me dérangent parfois, ce sont eux qui ont le plus peur et aboient. Encore six dollars soixante-quinze cents. Une fortune. Mais je ne veux dépenser que le minimum. Je me suis fixé une règle stricte, il faut que je tienne le plus long-temps possible, en attendant de trouver. Trouver je ne sais quoi, mais trouver avant de tomber à zéro et de devoir mendier ou manger dans les poubelles.

J'ai vu ça le premier matin sur le marché pay-san où je m'étais réfugiée. La bonne femme à qui appartenait la carriole m'a réveillée d'un coup de pied : « Tire-toi de là ! » Il était cinq heures du matin, le soleil n'était même pas levé. Puis elle a vu que je n'étais pas une clocharde. Pas encore. J'ai demandé si je pouvais rester près d'elle, si je pouvais l'aider, mais elle a haussé les épaules avant de déverser et de disposer ses légumes dans sa carriole, sans rien dire. J'ai insisté : « Oh, s'il vous plaît ! Je ne sais pas où aller, ma mère est morte et je n'ai plus personne. » Elle m'a regar-dée, a fait quelques remarques sur ma tenue qui ne sentait pas vraiment la pauvreté, puis m'a offert du café en expliquant que personne ici n'avait les moyens de payer un employé, même très peu. « On vient du nord des collines, on fait le trajet de Willow Springs jusqu'ici et on reste deux jours par semaine pour le marché, moi je dors chez une cousine où j'entrepose tout ça, mais si tu voyais dans quelle misère on vit là-bas et comment on se casse le dos pour ces beaux légumes… enfin, va demander si tu veux, mais c'est le dernier jour, ce soir on repart. »

J'ai fait le tour des stands, des charrettes et carrioles. Toujours la même réponse et un peu de café ou une orange. J'ai traîné là toute la journée et, au moment où ils remballaient pour retourner dans le Nord, les clochards sont apparus comme des ombres au soleil couchant. Ils ramassaient par terre les légumes pourris, les invendus gâtés qu'on laissait là, et les fourraient dans leurs bouches édentées ou dans des sacs de toile qui dégoulinaient.

Oh, si rien n'arrive, dans quelques semaines je serai comme eux, je finirai par ressembler à un morceau de linge sale qui sèche au soleil. *Si rien n'arrive.*

*Mais je sais qu'il arrive toujours quelque chose!* Quand je me couche sur l'herbe, quand je marche dans la rue, quand je me brosse les cheveux, et même si je reste étendue ici sur la terre en fermant les yeux, *il arrive toujours quelque chose…*

\*

C'est arrivé à cause de Dorothy, ça n'a rien à voir avec moi. C'est elle qui m'a abordée sur le trottoir de Glendale Boulevard : *Eh toi, oui, toi ! Viens là j'ai quelque chose à te montrer...* Je ne sais pas comment ni pourquoi elle m'a repérée, j'avais pourtant laissé ma valise cachée dans la brousse d'Elysian Park, sous des feuilles et des branchages. Dorothy a deux ans de plus que moi, les cheveux blond filasse, elle me dépasse d'une demi-tête et a un sixième sens qui lui permet de voir l'aura des gens, je veux dire s'ils sont bons ou mauvais, s'ils ont un vice, un truc tordu ou quoi. Moi, elle a vu tout de suite que j'étais perdue (ce qui n'est pas faux Ahahaha !), même si j'allais d'un pas décidé du côté du lac regarder les pédalos.

On a d'abord discuté sur les marches où elle était assise, contre la porte d'un jardin mexicain. J'ai cru que c'était chez elle, mais une femme est sortie dans notre dos et on s'est fait virer. Dorothy lui a répondu que, merde, elle était chez elle partout, que la rue était à tout le monde, putain va te faire foutre. Mais on a quand même déménagé jusqu'à une autre porte à l'ombre, plus bas dans l'avenue. J'aime bien la façon dont elle parle, avec des tas de gros mots que prononcent les garçons. Je me suis tout de suite sentie bien avec elle parce que c'est une fille libre, c'est même une des premières personnes vraiment libres que je croise dans ma vie. Ensuite, on s'est baladées en descendant vers Sunset.

C'est là qu'elle a voulu que j'achète des confiseries à un cent dans cette épicerie qui est au coin de Grafton Street et de Morton. Il fallait que je me plante devant les bocaux à côté de la caisse, que je fasse l'enfant, la difficile, et que j'occupe la patronne le plus longtemps possible. J'ai dit que je n'aimais pas ça. Pas ça quoi? Le vol. Je voyais parfaitement où elle voulait en venir. Mais elle a insisté : « C'est pas du vol, ces gens-là en ont plein les poches, on partagera, t'en fais pas, on ira chez moi et on mangera des sandwichs gratuits, et tu verras, le gratuit a meilleur goût! » Dorothy est assez drôle malgré son prénom chichiteux. C'est pas tellement la bouffe qui m'attirait, c'est plutôt d'aller chez elle, enfin, d'aller chez quelqu'un. Alors j'ai dit d'accord.

Quand on est entrées dans la boutique, j'ai tout de suite senti la patronne sur ses gardes. Elle jetait des petits coups d'œil derrière elle pour voir ce que faisait Dorothy qui traînait dans les rayons. Et puis elle a vu, crié, et s'est précipitée vers la porte pour nous empêcher de

sortir. Dorothy lui a foncé dedans en me criant :
« Ramène-toi ! » Sous le choc, la bonne femme a
volé contre le chambranle, et je me suis retrouvée à courir dans la rue en riant derrière Dorothy
qui riait aussi avec du pain et des saucisses volées
dans son tee-shirt… L'épicière gesticulait et criait
derrière nous : *Aux voleurs, arrêtez-les !* On a pris
la première rue à droite, mais deux hommes qui
venaient juste de passer ont tourné les talons et
se sont mis à nous poursuivre. Un gros et un
petit, c'était comique, sauf que le petit allait de
plus en plus vite. Ils criaient eux aussi : « Arrêtez-
les ! » Et un autre homme en chapeau s'est mis à
nous courir après. Il gagnait du terrain. Dorothy
ne savait plus quoi faire. Je la suivais et la voyais
hésiter : tourner à droite, à gauche ? Traverser
l'avenue sans regarder ? Les hommes se rappro-
chaient et Dorothy a laissé tomber les saucisses
et le pain pour courir plus vite ou pour les cal-
mer, mais deux autres idiots en face de nous ont
ouvert les bras pour nous empêcher de passer.
L'un d'entre eux a attrapé le bras de Dorothy
qui est allée valdinguer avec ses grandes jambes
entortillées sur le trottoir, l'autre a fait un pas de
côté, m'a coupé la route et soudain je n'ai plus
rien vu. Comme dans un film de Charlot, mon
Petit Vagabond.

\*

*… Vous êtes démunies mais vous n'êtes pas pauvres, vous êtes abandonnées mais vous n'êtes pas seules, vous êtes les dernières mais vous ne serez pas oubliées…* Madame Periani s'est arrêtée, a levé la tête pour doucement nous sourire, puis a conclu : *vous êtes les enfants bénis de Jésus-Christ notre Seigneur.* Et chacune de nous a dit *Amen.* Nous nous sommes mises en rangs, avons monté l'escalier en silence, puis sommes entrées dans le dortoir où nous avons rejoint nos lits. Chaque soir, le rituel était identique. Nous avions dix minutes pour nous changer, nous coucher et la lumière s'éteignait. Alors on pouvait chuchoter, très bas, de lit en lit. Il y avait parfois de petits rires étouffés qui faisaient taire tout le monde, de peur que la surveillante ne nous entende. Mais c'était l'heure de leur dîner à elles, et elles restaient rarement dans l'antichambre plus de quelques minutes après l'extinction des feux.

En étendant le bras, je touchais la main de Jenny, ma seule voisine. De l'autre côté il y avait le mur et la fenêtre. Parfois, quand on avait entendu la surveillante redescendre l'escalier (ce qu'elle faisait le plus discrètement possible pour nous faire croire qu'elle était encore là), Dorothy se levait et venait s'asseoir en tailleur quelques minutes entre nous, sur le plancher. Des minutes volées, secrètes, où nous parlions de l'avenir, de la vie que nous aurions plus tard alors que personne ne nous attendait. Nos rêves (si je peux encore prononcer ce mot).

Dorothy voulait s'engager dans l'armée, voyager, traverser les océans. Et puis travailler dans une base militaire au Japon ou en Allemagne, le plus loin possible. Jenny rêvait d'un studio de cinéma et moi, j'avais choisi de sauver des gens malades à l'hôpital, aide-soignante, je ne savais pas bien ou même standardiste : Allô ? Une urgence, vite ! Un tout petit rêve d'avenir. Je savais que je n'avais pas les moyens d'être médecin ou infirmière malgré les cours qu'on nous donnait ici, oui, je le savais bien.

À moins d'un miracle.

C'en était déjà un d'être tombée ici. La police nous avait menacées, Dorothy et moi, de la maison de correction. J'avais payé la marchandise volée et Dorothy avait fait appeler Madame Periani qui avait négocié dur avec l'inspecteur et s'était engagée à ce que Dorothy ne recommence plus. Puis elles m'avaient accompagnée au parc pour prendre ma valise et emmenée avec elles au Refuge. Un grand bâtiment de brique avec dans le hall le nom des fondateurs et des donateurs très chrétiens qui nous faisaient vivre et venaient chaque Noël nous distribuer des cadeaux. Madame Periani s'était procuré un acte de décès de maman à la mairie de Ramsdale et avait signé avec moi les papiers pour me garder. On m'avait officiellement attribué un lit, une place à table, une autre dans une salle de classe… C'était rude, strict, mais c'était merveilleux. J'avais enfin une place quelque part.

Une place à ma mesure, petite et humble. *Mais, oh merci, une place à moi.*

J'adore Madame Periani et je crois qu'elle m'aime bien, même si la discipline est très stricte et que j'ai du mal à m'y faire. J'arrive même parfois à croire en Dieu et en son fils Jésus-Christ quand elle me convoque dans son bureau, qu'elle me parle d'espérance, de foi chrétienne et me regarde. Je vois avec clarté qu'elle croit en moi. Oui, je le vois dans ses yeux si doux et pleins de vie, d'une vie pure, belle et élevée. D'une vie comme je n'en ai jamais connue. Je vois que nous sommes ensemble, tous unis dans une sorte d'amour désintéressé. *Dans ces moments-là, je me sens comme bénie d'être ici, embarquée avec elle, avec nous toutes, sur ce pauvre et lumineux vaisseau du Christ.*

\*

*La fenêtre magique.* Jamais je ne parle de Hum ou de Clare. Seulement de Stan ou du prince-pianiste, c'est plus joli et on a besoin de choses jolies pour survivre. Ce n'est pas que j'aie honte, mais c'est comme si une page s'était tournée ou comme si je m'étais soudain réveillée et que j'avais oublié les rêves que j'avais faits. Oublié tout en m'en souvenant parfaitement, c'est ça, exactement ça. Mis de côté pour toujours.

La semaine dernière, Carol est partie et ça fait un grand vide entre nous, les quatre amies réduites à trois. Ça fait plusieurs jours qu'on ne parle que de ça le soir, au dortoir. Elle a été placée dans une famille du comté. Des médecins, dit Dorothy, qui mènent la vie dure aux filles qu'ils recueillent. Il y a deux ans, une fille en est revenue. Elle avait fugué, s'était mal comportée et ils l'avaient renvoyée. En réalité, elle ne les supportait plus, travaillait du matin au soir et ces vieux salauds la battaient ou lui parlaient comme si elle était une merde. Le couple avait été questionné mais ils avaient menti, juré, et ils s'en étaient bien tiré. Ils sont restés sur la liste des familles d'accueil.

*Heureusement qu'ils n'ont pas voulu de moi, je préfère encore être ici avec Dorothy, Jenny et le fantôme de Jésus-Christ.*

Mais notre grande distraction de la nuit, ces temps-ci, c'est de regarder par *la fenêtre magique.* Celle d'un couple qui vient de s'installer dans l'immeuble d'en face et qu'on peut voir du dortoir, presque au même niveau. En réalité, il y a deux fenêtres qui font comme des yeux ouverts sur la vie de ces gens. Leur appartement est encore vide, des ampoules nues au plafond, une table, deux chaises et quelques étagères avec très peu de vaisselle. Mais toute la soirée, et peut-être toute la nuit, ils parlent, mangent, boivent des verres, se lèvent de table, arpentent leur appartement et soudain se prennent les mains, face à face, parlent encore puis s'embrassent et se serrent dans les bras l'un de l'autre comme s'ils se faisaient de grands serments. Puis, comme un ballet, ça recommence ; ils s'assoient, se lèvent, parlent et s'embrassent à nouveau en souriant et en tournant sur eux-mêmes. *Oh, comme ils sont beaux, comme ils ont l'air amoureux et heureux dans ce petit deux-pièces dénudé!* Voilà ce que nous aimerions vivre plus tard. Et peu importe l'armée, les hôpitaux et les studios de cinéma. Voilà notre cinéma, je le vois dans nos yeux de

fugueuses et d'orphelines qui regardent avide-
ment les yeux-fenêtres percés en face dans la
façade de brique, voilà ce qui nous soignerait à
jamais, mieux qu'un hôpital. *Aimer et être aimées
comme ça, avec cette intensité-là !*

\*

Maintenant, je m'appelle *Dolo-la-mytho*. Ou
*Lolita-la-menteuse.* J'ai parlé la semaine dernière
de l'hacienda du prince-pianiste et de son cabrio-
let vert amande, et puis du manoir de Clare et
de ses animaux exotiques. J'ai même raconté
en riant la soirée de gala, cette Première où je
m'étais sentie mal, et comment j'avais vomi dans
les toilettes très chics des femmes. Elles étaient en
cercle autour de moi dans le dortoir, elles voulaient tout savoir, me posaient des questions sur
des choses insignifiantes comme le nombre de
chambres qu'il y avait ou la piscine, ou encore
comment c'était avec mon amant, surtout au lit.
Mais je ne sais pourquoi, elles ont ensuite décidé
que j'avais tout inventé.

C'est comme ça que j'ai découvert qu'ici
la plupart des filles sont des punaises et des
voleuses, mais comme il n'y a rien à voler, elles
disent du mal les unes des autres. Ça anesthésie

leurs nerfs, ça fait passer leur colère. Elles forment de petits groupes de meilleures amies, se donnent des conseils, médisent sur d'autres petits groupes et elles se sentent enfin importantes. Je crois qu'en plus l'harmonium n'a rien arrangé. J'apprends à en jouer et Madame Periani a dit du bien de moi parce que j'y mets tout mon cœur et que désormais je chante pendant les messes. J'ai l'impression de découvrir ma voix, c'est étrange. Une voix claire et puissante à laquelle je ne m'attendais pas, qui jaillit de moi comme une rivière souterraine, comme de la vie enfouie. Avant, je grognais, je geignais, je criais. Aujourd'hui, je chante, à l'avant du chœur, juste devant la croix du Christ. Oui, je paye sans doute la place particulière que m'a assignée Madame Periani, une place qui pour moi est celle de simple et humble serviteur de notre Seigneur.

C'est fatigant, constant. Mythomane, menteuse. Ça me rend dingue : comment pourrais-je mentir alors que Dieu sait tout ? Je ne peux plus ouvrir la bouche, même en classe je me tais, y compris quand je connais la réponse à la question posée et que je brûle de lever la main. Même les professeurs ne semblent pas s'apercevoir que je suis devenue muette.

*Quelque chose ne va pas chez moi. Je suis si naïve!*

Je dois arriver à table avant tout le monde et me servir en vitesse, parce que sinon elles ne me laissent rien dans le plat. Samedi dernier, j'ai terminé un peu plus tard que prévu la répétition pour la messe de Pâques et je n'ai pas dîné. Il n'y avait plus de cannellonis, plus de pain, plus de fruits. Seulement de l'eau. Je dois faire attention dans les escaliers et les couloirs quand on est en rangs, surveiller mes pieds parce qu'elles tentent de me faire tomber. C'est arrivé plusieurs fois. L'autre jour, j'ai retrouvé mes deux soutiens-gorge, ceux qui me vont encore, pleins de traces de cirage. Je me suis usé les mains à les laver et ce n'est pas totalement parti. Heureusement que sous une robe ou un haut, ça ne se voit pas. Le harcèlement est quotidien depuis que j'ai raconté ces minuscules épisodes de mon histoire. C'est fou. En dehors de Dorothy et Jenny qui me croient – ou font semblant de me croire – et qui disent que ça va passer, je ne peux compter sur personne.

J'ai peur parfois au réfectoire que la sensation de cathédrale que j'ai eue dans l'allée du parc ne revienne. Ça me l'a fait l'autre jour, avec toutes ces voix qui résonnent.

Et puis, le Refuge est devenu triste. Je vois la peinture écaillée sur les murs, les meubles cassés, la mauvaise nourriture. Même mon lit, qui me paraissait idéal, est soudain dur. Je longe les couloirs tête baissée. Le reste du temps, je me tiens droite, raide, la mâchoire serrée et les yeux mi-clos pour ne pas croiser leurs regards. Parce qu'au moindre regard, la guerre recommence. On me surnommera bientôt *Dolo-tête-de-pioche*, mais je m'en moque, je ne raconterai plus rien. *Hum m'avait bien dit que personne ne me croirait.*

\*

Mes poumons ont la couleur de l'océan. J'ai tant couru! Ils sont pleins de sel et d'embruns. Oui, au bout de l'avenue j'ai fini par le voir surgir devant moi, immense et mouvant comme une plaque d'argent sous le soleil. Trois fois déjà que je m'échappe du Refuge pour venir ici, sur ce petit coin de sable. C'est aussi simple que me l'a dit Dorothy. Un coup de tram jusqu'à West Pico, un changement et comme par magie je suis au bord de l'eau. Je vais encore être punie, peut-être exclue. Je vais m'offrir une glace et la déguster en regardant les vagues. Ou non, je vais plutôt la manger les pieds dans l'eau, sentir le flux et le reflux et les grains de sable entre mes orteils. Je ne sais pas ce que j'ai, c'est une sorte de fièvre qui agite mes bras, mes jambes, tous les organes de mon corps. Impossible de rester enfermée au Refuge, assise dans une salle de classe. Madame Periani va encore s'inquiéter quand je manquerai à l'appel du premier cours, puis du deuxième. On ne lui dira que vers onze heures ou midi. Pour l'instant je suis encore hors champ, invisible.

Une matinée claire, presque transparente. Il est très tôt et je suis seule sur la promenade. Le marchand de glaces n'est pas arrivé et j'attends, adossée à son petit kiosque en bois peint. Le soleil le réchauffe déjà, et je sens la chaleur contre mon dos. Quel bien ça fait de ne voir personne! De n'entendre que le grondement de l'océan, il bat comme un grand corps peut battre, il est la vie même.

Au loin, de petits points noirs. Ce sont des gens qui promènent leurs chiens sur la plage déserte et les chiens courent comme s'ils étaient ivres, ivres d'espace et de vent, puis ils font demi-tour, reviennent vers leur maître et repartent de plus belle. Ils doivent tous habiter ici. Quelle chance ils ont. Même une niche me conviendrait.

Ça sera consigné dans mon dossier : fugue le lendemain de Pâques alors qu'elle a chanté avec ferveur l'Oratorio pour la messe pascale. Mais oui, je fais maintenant ce que je veux, je fais tout comme si c'était le dernier jour. C'est comme ça depuis que Hum est venu me chercher, je crois. Un jour à la fois. Ça évite de sentir le poids de l'avenir, comme toutes ces filles qui ont peur de *ne pas*. *Ne pas* trouver de mari, de famille, de travail, de maison… Moi, je trouve chaque jour ce qu'il y a à trouver. Cette matinée seule et heureuse, par exemple. Et le marchand qui vient d'ouvrir sa minuscule boutique.

Je vais prendre fraise-vanille. Ce sont les seuls parfums qu'il a et donc, je n'en désire *pas d'autres*. Je me contente de ce qui est là, vrai et beau. *Une matinée idéale.*

*

Les mains bien à plat sur les cuisses, le dos droit, j'essaie de sourire mais je sens que c'est un peu forcé. La dame en chapeau à plumes démodé parle de moi à Madame Periani comme si je n'étais pas là. Et Madame Periani fait l'article, comme si j'étais une chose merveilleuse à vendre. Une lotion contre tous les maux ou toutes les taches. Oh, je ne lui en veux pas, elle fait ça pour moi :

« Bien sûr qu'elle est travailleuse, et en plus très soignée et très pieuse, n'est-ce pas Dolores ?

— Oui, Madame. »

C'est la deuxième fois que je suis convoquée dans ce bureau. Le premier couple était affreux, des marchands de Garden Grove qui ne cessaient de parler de leur boutique d'articles fantaisie et de se plaindre que la vie était dure, pourquoi c'est si dur ? On n'y peut rien, c'est comme ça, et tout le geignard baratin. Heureusement, Madame Periani ne les a pas sentis, même s'il faut parfois accepter ce que Dieu nous envoie. Mais ceux-là, ce n'était pas Dieu qui les amenait ici, non, plutôt les quelques dollars que le comté leur aurait donnés en accueillant une fille du Refuge et en la faisant travailler en plus.

La dame m'examine, elle cherche à savoir si avec moi elle tirera le gros lot. Son mari ne dit rien. Il est menuisier, travaille dur, et elle est femme au foyer, un foyer impeccable ! Elle a l'air contente d'elle. Pas méchante, plutôt une femme stricte et droite qui a du mal à supporter la poussière ou l'alcool. Ils ont de bons yeux tous les deux, veulent vraiment accueillir et sauver quelqu'un. Soudain je me vois chez eux, un univers rangé et sobre, des repas à heure fixe, de la reconnaissance pour l'effort, de la sécurité, tout ce que je n'ai jamais connu, même chez maman. *Oh, mon Dieu, faites que ça marche! Faites qu'elle m'aime bien et me choisisse, je travaillerai dur moi aussi, je ferai ce qu'on voudra.*

Madame Periani finit cet éloge en disant qu'en plus je chante de manière exceptionnelle, mais ça ne semble pas toucher la femme stricte et droite qui plisse tout à coup les yeux d'un air de ne pas y croire, me jette un coup d'œil, et dit :

« Une jeune fille exceptionnelle en tous points, si je comprends bien. Mais, dites-moi, quel est son défaut, alors ? Parce qu'elle doit bien en avoir un. Même petit, même minuscule. Nous en avons tous, n'est-ce pas ? Sinon nous serions des anges. »

Madame Periani reste un instant silencieuse, le sourire comme tiré sur le visage. Elle sait qu'elle doit dire la vérité, que Dieu l'écoute. Elle finit par dire :

« Dolores est très indépendante.

— Indépendante jusqu'à quel point ?

— Oh, peut-être qu'elle ne se sent pas très bien ici, qu'elle serait mieux dans une famille stable et bienveillante comme la vôtre, enfin, c'est ce que j'ai pensé avant de vous la présenter... »

Ils sont repartis sans moi, sans personne, en remerciant Madame Periani de leur avoir dit la vérité mais en ajoutant qu'ils ne voulaient pas d'une fugueuse.

C'est beaucoup de travail et d'espoir pour peu de satisfaction a dit plus tard Madame Periani. Je pleurais dans son bureau, j'avais mal et honte, je n'étais rien, rien qu'une pauvre fille sans éducation et sans parents, sans valeur et jamais personne ne voudrait de moi. Elle m'a pris les mains : « C'est ce que Dieu a voulu, ce n'est donc pas injuste, ne sois pas triste ni en colère. Tu es quelqu'un de bien, ton nom est inscrit quelque part dans la main de Dieu. »

*

*Je ne crois plus en Dieu, c'est fini.* Nous sommes des atomes, de la poussière. De la poussière qui pense, qui souffre et qui jouit. On appelle ça des animaux. Un jour nous mourrons, notre corps se décomposera et il ne restera rien de nous, comme si nous n'avions jamais existé. Oui, c'est ce que je crois désormais. Et ça me soulage. *L'éternité me pesait, le regard de Dieu.*

Voilà ce que j'ai pensé aujourd'hui. Ça m'est venu soudain, dans la chapelle, en regardant un

Christ en bois. J'ai songé : *il est en bois.* Tout est en bois, ou en pierre, en os, en terre... Ça m'est apparu clairement, d'un coup : le Christ est en bois ! Des atomes reliés les uns aux autres, cloués sur une croix qui se fendille déjà et tombera bientôt en poussière. Dans cent mille ans, des gens se pencheront peut-être sur les résidus de cette croix, si l'argile la conserve, et ne sauront quoi en penser. Ils ne sauront pas que j'étais à genoux devant ce morceau de bois. Ne sauront rien de moi. Plus probablement, le vent aura tout emporté. Nous serons terre, rochers, rivière, sable et fumée.

C'est aussi comme ça que j'ai pensé à Hum et Clare. À leurs cadavres et à l'éternelle impunité de leurs méfaits, de leur égoïsme et de leur méchanceté.

Si seulement certains humains pouvaient être punis après leur mort. Mais je ne le crois plus. Il faut les punir ici-bas, sinon, jamais.

Je trouverai un moyen. Ils payeront un jour.

\*

Une nuit fraîche, enfin. Après la canicule de ces derniers jours. Et toujours l'immense voûte au-dessus de moi. Cette sensation de *cathédrale* est encore revenue tout à l'heure sur l'avenue. Et avec elle, une panique folle. J'en ai assez, cette peur m'épuise. Est-ce que d'autres gens ont connu ça? Quelqu'un peut-il me comprendre? J'en doute, et je me sens seule. J'ai tenté un jour d'en parler à Madame Periani, elle m'a dit de prier, que c'était Dieu qui se manifestait à travers moi. J'ai prié, mais ça n'est pas parti. Et depuis que j'ai quitté le Refuge, ça ne fait qu'empirer.

Je suis assise dans le noir, sur ma petite valise, dans l'encoignure d'une grille derrière un restaurant de Sunset, et j'ai rendez-vous à minuit quinze. Il finit son service. J'ai un peu peur mais je ne peux pas rester dehors, tout me traverse comme si c'était de l'eau; ma vie, le bruit des autos, les voix… Ça ne me fait ça que la nuit, ces paniques, cet effet de cathédrale où le monde chavire, où je me dissous et je ne suis plus en moi.

Il me faut un toit, peu importe ce qui m'arrivera quand je serai chez lui. C'est la première fois que j'aborde un homme dans un café, ou même ailleurs. Il n'a pas l'air trop idiot ou vicieux ou quoi. Juste humain. Intéressé par mes histoires en tout cas. Je lui ai seulement raconté le Refuge et j'en ai rajouté un peu à propos de la méchanceté des filles mais je n'ai pas eu vraiment le temps parce que son patron est revenu. Il ne m'a pas fait payer mon café et mon sandwich. Il a dit : c'est pour moi et m'a donné rendez-vous maintenant. Je verrai. Si ça se trouve, c'est un de ces fous qui découpent les femmes et jettent les morceaux dans les poubelles. Mais je ne crois pas. Il veut peut-être coucher avec moi. Je ne sais pas si je peux faire ça contre un toit, un lit. Je ne sais vraiment pas. C'est comme se prostituer, mais il avait l'air sincèrement touché par ce que je lui ai dit… alors… Si c'est trop dur je reprendrai contact avec Hum. J'écrirai à Ramsdale et à Beardsley. Il y est peut-être ou alors il fait suivre son courrier.

*

J'ai rencontré hier un gentil garçon, Richard, Rick. Il m'a payé à manger et j'ai dormi chez lui. C'est le premier homme qui ne se jette pas sur moi depuis que je me suis enfuie de chez Clare l'été dernier. À chaque fois, j'ai dû payer ma place dans un lit ou ma couverture sur un tapis en couchant avec eux. C'est la première nuit aussi que je ne passe pas dehors depuis dix jours que j'ai quitté Los Angeles pour cette ville perdue tout au nord.

Il y avait trop de fous à Los Angeles. Trop de gens anonymes, des gens sans nom qui pouvaient apparaître comme ça, vous faire du mal et même vous tuer, puis disparaître. Ici, à Coalmont, Indiana, c'est bien mieux, c'est petit. Il fait plus froid mais il y a moins de cinglés même si c'est un cinglé qui m'a emmenée dans ce trou. Il voulait devenir mineur de charbon. Je ne sais pas s'il a réussi, mais je suis contente d'être montée dans sa voiture et de l'avoir suivie.

Rick est parti travailler en me laissant chez lui. J'ai passé toute la journée à dormir et j'ai pu prendre un bain. Rien de plus merveilleux, de plus doux au monde. Mieux que dans toutes les baignoires vastes et propres où je me suis baignée. Mieux que dans celles de Clare et ses prétentieux robinets en bronze.

Cette ordure de Clare. Je lui ai dit un jour que Hummy le tuerait et ça l'a fait rire. Il ne sait faire que ça : rire, rire de tout. Mais Hum fera un beau trou dans la tête de ce salaud s'il apprend ce qu'il m'a fait subir. Il n'a pas hésité à tuer ma mère pour m'avoir. Oui, il le tuera puis on l'enverra à son tour sur une chaise en fer où ses couilles grilleront comme des chorizos qu'on jettera à la poubelle. Oh, j'en ai marre de penser à ça. Ça me torture comme s'ils étaient encore là, à tournoyer dans ma tête. Tout ce que je veux, c'est qu'on me foute la paix.

La paix... même si je ne crois plus en rien, je prie chaque jour pour qu'elle vienne, pour...

J'entends le pas de Rick dans l'escalier.

\*

*Dolllllores! Dolllllores!* Rick crie dans la cour, notre cour misérable pleine de poubelles et de gosses qui braillent. Il crie toujours comme ça quand il rentre et à chaque fois je sens dans mon ventre le fil qui me relie à son ventre. C'est la seule chose vraie en ce monde, ce fil.

Il a faim, il est affamé par ses longues heures de travail à la fonderie. Je fais chauffer des pommes de terre et griller du lard. J'essaie d'être parfaite, mais ce n'est pas possible. Toujours des choses traînent dans la maison, des vêtements, des crèmes, des verres sales... Rick s'en moque. Il rentre & me prend dans ses bras & me soulève comme si je ne pesais rien. Il sent la sueur et l'acier brûlant et j'aime ça. Puis il va se laver, toujours à l'eau froide. On économise chaque dollar pour partir dans le Nord où il dit qu'il y a du travail, bien mieux payé qu'ici. Des forages. Même si ici, c'est pauvre, mais ça n'est pas trop mal.

J'aime cette vie. Ses amis de l'usine avec qui on traîne le samedi soir. Pas des beaux parleurs, non, mais des gens bien. Ils rient quand c'est drôle et se taisent quand ça va mal. On sort ensemble quand on n'est pas trop fatigués. Juste pour faire un tour en ville. Il faut traverser le pont au-dessus des rails de la gare de triage, puis longer de vieux entrepôts de brique rouge aux fenêtres cassées. Et on traîne du côté de Hunter Road. Rick me paye une glace, les meilleures glaces de la terre. Ces soirs-là, la ville est électrique. Tout le monde est habillé, coiffé, maquillé. Les gens se sont lavés et sont là comme à la parade à s'entre-dévorer du regard. Moi, je m'en fous. Je mange ma glace et je suis Rick et ses amis au bar. Parfois je bois. Mais jamais plus d'un verre. Rick non plus ne boit pas. Pas comme Jenny, la voisine. Son homme travaille dans la même équipe que Rick. On se voit de temps en temps l'après-midi, elle me donne des tas de conseils et m'appelle *mon enfant*. C'est comme ça aussi qu'elle appelle Rick même s'il a vingt ans, trois ans de plus que moi. Il y a toujours du café chaud chez eux. Ils sont vieux, environ trente-cinq ou quarante ans, mais ils sont beaux. J'aimerais qu'on soit comme eux plus tard.

Régulièrement, j'écris à Madame Periani au Refuge. C'est la seule personne qui ait jamais été bonne pour moi. Je lui raconte ma vie ici, nos problèmes d'argent, la saleté du quartier, et elle me répond invariablement que Notre Seigneur est avec moi, qu'il saura m'aider et que mon nom est inscrit dans Sa main. Elle ne change pas. Ça me rassure, quelque chose qui ne change pas. Ma vie a tellement changé et j'ai vu tellement de choses depuis que Hum est venu me chercher dans ce camp de vacances du Connecticut, il y a si longtemps. Je ne m'en souviens presque plus. Seul compte maintenant.

Samedi dernier, nous sommes allés au lac, Rick et moi. C'est l'été et il est enfin chaud. Je marche pieds nus sur la terre sablonneuse, j'avance dans l'eau et je plonge. En culotte et soutien-gorge. La surface du lac est un miroir, nos corps le troublent, le rident tout doucement. Rick me suit, me rattrape et me caresse sous l'eau, en cachette, même s'il n'y a jamais personne. C'est *notre* lac, pas très grand. Au centre, il y a une petite île plantée de frênes et de sapins, avec des herbes hautes. On dit que des Indiens Shawnees se sont réfugiés là alors qu'ils étaient poursuivis par des chasseurs blancs. Des trappeurs français, je crois. Ils y ont vécu des années, de pêche et de racines. Il ne reste plus rien d'eux, pas même un sentier. Comme il ne restera sans doute rien de nous. Je m'en moque : il faut vivre. *Oh oui, glisser dans cette eau délicieuse tant que nous sommes en vie, tant que nous sommes jeunes : des enfants.*

Nous nageons doucement jusqu'à l'île aux Indiens. Puis nous nous allongeons, cachés dans les herbes, sous les grands frênes. Nus, côte à côte. Le soleil qui joue entre les feuilles nous réchauffe et nous sèche. Les ombres mouvantes tachent nos peaux et à chaque fois que je le regarde, nu comme ça, je trouve que Rick est l'homme le plus désirable de la terre. Alors nous faisons l'amour, j'essaie de ne pas crier, je me fais parfois mal aux épaules, aux genoux, et puis nous nous abattons dos contre terre, épuisés. Le vent doux contourne nos corps, nous entoure. On dirait la main de Dieu, la vraie… Oh oui, il n'y a pas un bruit et, au-dessous de nous, on entendrait presque l'herbe pousser et la planète tourner sans fin dans l'univers au milieu des paquets d'étoiles rugissantes. *Quel vertige ! Et comme je suis heureuse !*

\*

Dans son beau cabinet tout blanc, le médecin m'a tout expliqué. Je suis enceinte de six semaines. Il a dit qu'à dix-sept ans ce n'était pas si rare d'avoir un enfant, que j'étais forte et en bonne santé. Il m'a serré la main en souriant, en me souhaitant bonne chance et une maternité heureuse. Un si beau sourire ! Je suis sortie de ce cabinet avec la tête qui tournait. Je n'ai rien dit à Rick mais j'y ai beaucoup pensé ce soir. Je ne veux pas avorter. Je ne veux pas retourner chez une affreuse bonne femme qui m'allongera sur la table de sa cuisine et fouillera en moi avec une tige en fer. Je le garde. Je m'en occuperai si Rick ne veut pas. Un bébé, un petit être tout neuf avec qui tout recommencer. Ou plutôt tout *commencer*. Ça m'a tourmentée, mais maintenant, je sais. *Oh, comme je suis heureuse d'avoir pris cette décision !*

*

Quand Hum a frappé à la porte, je l'ai à peine reconnu. Un fantôme. Un type foudroyé, la tête basse et des rides, des cernes et ces horribles taches de vieillesse sur les mains ! S'il n'était pas si bien habillé, comme le Hummy d'autrefois, je n'aurais pas cru que c'était lui. Finalement, c'est bien qu'il soit venu jusqu'ici, qu'il ait répondu à ma lettre. Même si je le lui avais écrit, j'avais peur de lui demander de l'argent, peur qu'il pose des conditions. Mais non. Il a donné tout ce qu'il avait, à Rick, à moi et à ce bébé dans mon ventre qu'il n'a pas voulu toucher. Entre son chèque, ses billets de cent, plus la maison et les avoirs de maman qu'il m'a cédés, il doit y en avoir pour six mille dollars, peut-être huit. De quoi quitter ce bouge, aller dans le Nord, et puis avoir un toit et acheter du charbon pour l'hiver. Il a bien essayé de m'entraîner avec lui : partons tout de suite, Lolita, maintenant. Tu fermes la porte et tu laisses derrière toi ce Rick insipide !

*Oh, comme il a raison ! Hum a toujours raison, d'ailleurs, mais comme il est faible, et vieux et malade ! Il faudrait que le Christ lui vienne en aide, s'intéresse à lui. Même un Christ en bois !*

Moi qui suis en chair et en os, moi qui existe vraiment, je ne peux rien pour lui. *C'est fini.*

C'est vrai que Rick n'est pas une lumière, qu'il ne fait pas de phrases, qu'il n'a jamais ouvert un livre… mais c'est un chic type. Le plus chic type que j'aie jamais rencontré. Je ne sais pas vraiment ce que c'est que l'amour, mais quand il me serre dans ses bras je me sens moins seule, *moins perdue*. Ce fil qui relie mon ventre au sien est peut-être de l'amour, une communion en tout cas.

*Moins perdue, oui.* Tout le temps que j'ai vécu, j'ai été une fille perdue ; aucun monde n'était solide, la terre se dérobait comme du sable sous mes pieds et je dansais, je dansais tant qu'on me le demandait, juste pour qu'on m'aime un peu, pour ne pas être seule… avec Hum, avec Clare, avec le prince-pianiste… aucun monde n'était le mien, sans parents, sans amis, sans maison ni voisins. Aujourd'hui, je ne sais toujours pas qui je suis ni d'où je viens mais je sais que je suis ici, avec Rick qui rentrera ce soir et criera mon nom dans la cour. Ma vie a été une longue série de larges défaites et de petites victoires et je me demande comment cette fille que j'étais et qui boit aujourd'hui un thé avec ce vieux Hum a échappé à ceux qui ne s'intéressaient qu'à ma meilleure amie dans le miroir, comment elle a échappé à l'orphelinat, à la prison, à la prostitution et à la rue. De là où je suis, au bout du bout de tout ça, je remercie les dieux même si pendant tout ce temps ils n'étaient pas vraiment avec moi.

J'ai fait un thé à Hum qui ne voulait pas du café que je tiens au chaud pour Rick. Il était là, sur sa chaise de cuisine, un peu voûté, comme lessivé, tournant indéfiniment sa petite cuillère dans sa tasse. Gling, gling. De longs silences. Un après-midi d'automne lumineux. Il me regardait étrangement, me détaillait : ses yeux seuls étaient vivants, pleins de fièvre. Il m'a fait peur. Sa nervosité, je le sentais prêt à tout. À tout pour je ne sais quoi. Me récupérer peut-être. Ou retrouver ses souvenirs. Il a parlé de notre première équipée, celle de l'été 47... « Tu te souviens Lo, de ce motel avec les lits comiques qui vibraient quand on glissait une pièce d'un *quarter* ? Tu avais tout cassé, tout détraqué en sautant dessus pour qu'ils vibrent plus fort, la tête de lit s'est même détachée, le sommier s'est affaissé, et on est partis comme des voleurs...

— Oui, je me souviens...

Puis il a demandé :

— Qu'as-tu fait pendant tout ce temps, ma Lo ? Après... après moi.

— Tout et rien. J'ai suivi Clare, j'ai habité un peu chez lui, pas dans l'État de New York mais dans sa maison de Californie, et ensuite j'ai survécu, j'ai dormi dehors, mangé dans les poubelles, compté chaque cent. Je suis même allée à l'orphelinat, tu ne peux pas savoir...

— C'est ce Clare qui t'a enlevée ?

— Non, c'est moi qui l'ai rejoint. Mais c'était son idée, son plan.

— Pourquoi, Lo ?

— Je ne sais pas. Pour changer, je suppose.

— Changer de quoi ?

— De vie.

— Et ça a marché ? Je veux dire, tu étais mieux avec lui qu'avec moi ?

— Oh non Hummy ! Non… »

Je ne sais pas pourquoi, mais je ne voulais pas le décevoir. Il avait l'air si abattu, si… si gentil et inoffensif. Jamais je ne l'avais vu dans cet état. À la fois fou et détruit comme s'il n'avait plus rien à perdre, ou plutôt comme s'il avait tout perdu.

Puis il m'a demandé, insisté et insisté encore. J'ai finalement tout raconté pour Clare. Dans le détail. Sa grossièreté, ses menaces, les films, la vie au manoir… Hum prenait sa tête entre ses mains, ses yeux ressemblaient aux fenêtres d'un hôpital en feu. Maintenant, j'ai la certitude que Hum retrouvera Clare et le tuera. C'est certain, je l'ai vu quand je lui parlais des films qui devaient encore être projetés sur les murs de messieurs honnêtes.

J'ai longtemps songé à ce moment-là comme à une vengeance, à une libération. Hum tuant Clare d'une balle dans la poitrine comme l'énorme grizzly du manoir, et finissant lui-même sur la chaise électrique, coupable de meurtre. Mes deux démons punis l'un par l'autre. Je les tenais. Je croyais que ça me ferait du bien. Mais non. Ce soir, tout ça m'indiffère. Je ne lirai même pas les journaux et je me moque de ce qu'ils deviendront tous les deux.

La scène la plus étrange, la plus déconcertante de ces pathétiques retrouvailles s'est déroulée dehors, sur le *driveway* à côté de la vieille voiture de maman. Au moment de partir, Hum s'est retourné, m'a regardée fixement et demandé presque en tremblant si je l'avais *aimé... oui, aimé...*

Je n'ai pas su quoi répondre : *je n'y avais jamais pensé !*

Je suis rentrée à la maison, j'ai retrouvé le silence et la paix. Le soleil roux de septembre faisait luire notre pauvre parquet de bois brut comme s'il était le pont très ancien d'une fine goélette fendant les mers. J'ai pris mon ventre entre mes mains, senti mon bébé bouger, et j'ai songé à Noé. J'ai senti jusque dans mes os que Dieu m'avait élue, *moi*, pour fonder *un nouveau ciel et une nouvelle terre*.

J'ai vécu le déluge et la colère de Dieu, mais aujourd'hui, *tout commence enfin*.

*Dolores Haze, dite Lolita, serait malheureusement morte en couches le jour de Noël 1952, à l'âge de dix-sept ans, à Gray Star, un village perdu du Nord-Ouest.*

*Contrairement à ce qu'a prétendu le docteur John Ray Jr, sa fille, Ann, a survécu et a eu elle-même des enfants et des petits-enfants dont nous tairons les noms afin qu'ils vivent en paix. Quant à Humbert Humbert, dit Hum ou Hummy, il est, comme l'ont rapporté les journaux de l'époque, mort en prison d'un infarctus du myocarde le 16 novembre 1952, après avoir retrouvé et tué Clare Quilty, et juste avant que ne débute son procès.*

*Mais peu importe son sort. Toutes nos pensées vont à Dolores-Lolita, dont il ne reste que ces quelques cahiers en mauvais état. Cette jeune fille est passée dans notre ciel comme un météore et, comme un météore, elle s'est consumée au contact de notre dure atmosphère, laissant derrière elle un feu encore visible aujourd'hui.*

REMERCIEMENTS DE L'AUTEUR


Merci à Jean-Paul Enthoven
pour sa lecture et son soutien.
Merci aussi à Johann Zarca,
Clara Tellier-Savary et Geoffrey Le Guilcher
pour leur enthousiasme.

REMERCIEMENTS DES ÉDITEURS

Merci à Alice Andersen, Camille Bauer,
Franck Berteau, Christophe Bigot,
Élodie Boisse, Clément Buée,
Aurélie Carpentier,
Pierre-Marie Croquet et Basile Lemaire
des Productions Goutte d'Or,
Lucie Geffroy, Marie-Rose Guarnieri,
Marie Lannurien et Corinne Marotte
de L'Autre agence, Dominique Martel,
Anatole Pons et Florian Targa.

Cet ouvrage a été achevé d'imprimer en juillet 2019
dans les ateliers de Normandie Roto Impression s.a.s.
61250 Lonrai (Orne)
N° d'imprimeur : 1903177
Dépôt légal : mai 2019
ISBN : 979-10-96906-16-1

*Imprimé en France*